MERIDIANE

Aus aller Welt

Band 63

Leoluca Orlando

Der sizilianische Karren

Geschichten

Aus dem Italienischen
von Moshe Kahn

Ammann Verlag

Erste Auflage

Homepage: www.ammann.ch
Satz: Gaby Michel, Hamburg
Druck und Bindung: Clausen & Bosse, Leck
ISBN 3-250-60063-6

Für die, deren Namen der Leser
auf diesen Seiten nicht findet.
Für die, die das Leben lieben und gemeinsam mit mir
den sizilianischen Karren geschoben haben
und immer noch schieben.

Vorwort
von Ralph Giordano

I

Ein glänzender Schüler, von rascher Auffassungsgabe und hoher Intelligenz – doch im Betragen die Note Ungenügend; Klassenbester, ein Aufsteiger, ja, eine Erscheinung – aber ein Rebell.

So die höchst gelungene Kurzcharakteristik eines Mannes, dessen Buch *Der sizilianische Karren* ich nach Lektüre gerade zuschlage.

Ausgestattet mit der Legitimation eines sizilianischen Großvaters; geadelt durch die Ehrenbürgerschaft seiner Geburtsstadt Riesi im Regierungsbezirk Caltanisetta; neben meiner mütterlich jüdischen Abstammung stolz auf die des väterlichen Zweiges und ein Leben lang vernabelt mit dem Mythos Sizilien – fühle ich mich kompetent für eine Hommage an einen Zeitgenossen, der dem Tod oft genug von der Schippe gesprungen ist und dem dabei das Schwierigste gelang, was Menschen gelingen kann: *La vittoria sulla paura,* Der Sieg über die Angst – indem er tat, was sie ihm verbieten wollte.

Ich spreche von Leoluca Orlando.

II

Nach seiner erschütternden Antimafia-Chronik *Ich sollte der nächste sein* liegen nun 46 *Geschichten* aus seinem Leben vor – sprunghaft, ungeplant, weder nach Geographie noch Thematik geordnet, und doch wie ein Nachschlagewerk dieser singulären Biographie – Signale ihrer Ursprünge, ihrer Konsequenzen, Siege, Niederlagen und – ihres unverbergbaren Staunens über das eigene Dasein.

Hinter allem aber steckt eine Quintessenz, eine Lehre, die dem Buch den symbolischen Titel des zweiräderigen *sizilianischen Karrens* verlieh: Eines davon ist das *Rad der Kultur,* das andere das *Rad des Rechts,* so der Autor. Wenn sie nicht synchron laufen, werden die Leute sagen: *»Es ging uns besser, als es uns schlechtging«* – was meint: zu *Zeiten der Mafia.* Die ist nur zu bekämpfen und zu besiegen, wenn sich beide Räder im gleichen Rhythmus drehen: *Individuum und Gesellschaft, Bürger und Staat.*

Da gerät etwas in den Rang einer *Charta,* versehen mit dem Copyright des ehemaligen Bürgermeisters von Palermo, etabliert sich eine Philosophie des Selbstvertrauens, weht eine ebenso kraftvolle wie barmherzige Intellektualität scheinbar allmächtige Schatten beiseite, ergeht ein Aufruf: *»Macht es mir nach.«*

Die Folge war eine Art Dammbruch.

Auch davon – und von manchem mehr – künden die präsentierten *Geschichten.*

III

So über die Kraft und die Last der eigenen Herkunft...

Da wird sizilianisches Urgestein sichtbar – mütterlicherseits Adel, der Vater Repräsentant des städtischen Großbürgertums, zwar eine Liebesbeziehung, die jedoch die Gattin nicht daran hinderte, ihrem *marito* gelegentlich seine nichtadelige Herkunft vorzuwerfen.

Dieser palermitanische Lebensstil! – *tempi passati,* gewiß, aber unvergessen: Der Friseur der Großmutter – in Paris. Der Marstall des Großvaters, Pferdeliebhaber und -züchter – in

Madrid. Universitätsabschluß? – zu bourgeois. Eine Unterschrift leisten, wie denn das? – Adel ist Signum genug.

Da blitzt posthum die verschimmernde Tradition eines geradezu ungeheuerlichen Hochmuts auf.

Wenn Leoluca Orlando zu sich selbst kommen will, das erkennt er rasch, muß er, der tief verwurzelte Familienmensch, die Fesseln seiner Klasse sprengen. Daß er ihr dennoch in manchem verhaftet bleibt, lehrt dieses Buch, ohne Antipathien hervorzurufen. Er wird immer zu den Privilegierten zählen, auch als Revolutionär, der Palermo in ein neues Zeitalter führte. Aber die Herkunft bedeutet auch *forza,* Stärke. Ausgestattet mit dem Selbstbewußtsein seiner aristokratischen Abstammung, zeigt er aus dem Stand heraus der *»Ehrenwerten Gesellschaft«,* daß hier einer als Stadtoberhaupt gewählt wurde, der gewillt war, ihr die Zähne zu zeigen.

Dabei bleibt das Herz offen für die Nichtprivilegierten. Die merken das, unbetrügbar wie sie sind. In den Gassen von *Ballarò* oder in der *Vucciria* bedarf der *morituro,* der Todgeweihte, keines Begleitschutzes – *»Ehe sie ihn umbringen, müssen sie uns umbringen«,* sagen die Leute dort.

Und er braucht ihre Nähe, braucht den Stallgeruch des sozialen Parterres, die Akklamation von unten. Leoluca Orlando will geliebt werden, es kommt ihm drauf an, es ist ihm wichtig, und er gibt sich keinerlei Mühe, dieses Bedürfnis zu verleugnen. Immer wieder taucht es auf den Seiten seiner *Geschichten* auf, manchmal fast penetrant, aber stets gedeckt durch das, was er gibt – sich selbst. Da ist einer glücklich, wenn ihn Kinder ansprechen, ihm an der Jacke zupfen, seinen Namen rufen oder um ein Autogramm bitten und er den Ausruf einer alten Sizilianerin: *»Das ist ja ein Kinderbürgermeister!«* in seinem Gedächtnis hütet wie einen großen ideellen Schatz.

IV

Was ihn jedoch für viele zum Vorbild machte, ist seine Unerschrockenheit, also die *Überwindung der Angst,* jenes überall wahrgenommene Exempel, das Leoluca Orlando in die Loge eines international bekannten Zeitzeugen befördert.

Und in der Tat, der Feind dieses *Antimafioso* ist fürchterlich. Immer wieder konfrontiert mit seiner blutigen Fratze, weiß der *sindaco* von Palermo, worauf er sich da eingelassen hat...

Leichen von Kindern, die so zerfetzt waren, daß sie kaum von den eigenen Eltern identifiziert werden konnten; Eltern, denen ihre Kinder verstümmelt, in einem Postpaket verschnürt, zugestellt wurden; Menschen, die ertränkt, verbrannt, einbetoniert oder in ungelöschten Kalk gesteckt worden sind; Tod durch Kugel, Dynamit und Gift – eine unvollständige Aufzählung.

Es gibt kein Verständnis für Leoluca Orlandos *Geschichten,* ohne zu wissen, was es heißt, auf solchem Schlachtfeld Statur bewiesen zu haben.

Es ist sein *Mut,* der ihn zur *Erscheinung* macht – *la vittoria sulla paura.* Er legt sich ja keineswegs nur mit der *Mafia* an, sondern mit dem *Filz von Mafia und Politik,* also dem *organisierten, von oben protektionierten Verbrechen.* Ein Blankoscheck auf Leben und Tod. In der Stunde seiner höchsten Gefährdung sagt er, vor laufender Kamera: *»Wenn ich umgebracht werde, werden die Attentäter Mafiosi sein – aber die Befehle werden die Politiker gegeben haben.«* Und dann, der Linse noch ein Stück näher, wie ein Schwur: *»Voglio vivere – Ich will leben.«*

Seine *gefährdete Unerschrockenheit* verleiht ihm ein Charisma, das kein langes Leben gehabt hätte, wäre sie bloße Pose gewesen. Was statt dessen sichtbar wird, ist ein ungeheurer Durchhaltewillen. Der hat die Welt zu seinem Feld gemacht.

V

Und davon berichtet *Der sizilianische Karren.*

Wie er Ehrenbürger eines *kolumbianischen Palermo* wird, das vorher *Guagua* geheißen hat; wie ein Freudenmädchen in Havanna ihm den Tod seines Vaters innerhalb der nächsten Tage voraussagt – erschreckenderweise zutreffend; wie es Menschen gibt, die den Sizilianer buchstäblich zu ihrem *Hobby* erhoben haben, zu ihrem Lebensinhalt. So Svetlana aus St. Petersburg, die, was immer sie auch im Fernsehen bringt oder veröffentlicht, unweigerlich auf *»ihren«* Leoluca Orlando kommt, wie der alte Cato im Senat des antiken Rom am Ende jeder Rede auf sein *»Ceterum censeo Carthaginem esse delendam, Im übrigen meine ich, daß Karthago zerstört werden muß«.*

Nein, nicht alle dieser *Geschichten* haben den gleichen Rang, wie denn auch? Aber darunter gibt es solche, die der Leserschaft unvergeßlich bleiben dürften. Wie die von *Nikita Leoluca,* nach ihm benanntes Patenkind der zitierten Petersburgerin Svetlana, das dem Vornamensvetter das einzige Kostbare gibt, was es besitzt – ein Kreuz, *»ein wunderschönes Russenkreuz«.*

Oder die Geschichte von dem Erdbeben und der Familie mit den fünf Kindern, die sich in ihrer Not an Palermos anscheinend für omnipotent gehaltenen Bürgermeister wandte. Durch das *terremoto* aller Habe verlustig gegangen, bleibt Deutschland der einzige Ausweg – dort malochen und noch einmal malochen. Aber das nur mit dem Ältesten, für die anderen vier reichen die Mittel nicht. Sie müssen bleiben – bei den Orlandos. Die sorgen für Unterkunft, genauer *»die sanften und feuchten Augen«* von Milli, Leolucas Frau, betteln es ihm ab. Nach vier Jahren dann Rückkehr von Vater, Mutter, Bruder – schwierige Annäherung an die Zurückgebliebenen. Deshalb absolutes (und streng eingehaltenes) Besuchsverbot für die

Orlandos, die die Kinder mittlerweile in ihr Herz geschlossen hatten. Später dann unerwartete Begegnung auf einem Flughafen – die ganze Familie, Eltern und fünf wunderschöne Kinder, angezogen für eine Urlaubstour. *»Der Mann kreuzte meinen Blick, er flehte mich an, gab mir mit einer Geste zu verstehen, ich sollte nicht näher kommen und ihn begrüßen...«*

Da kommen einem die Tränen, ob man will oder nicht. Ich will.

Ebenso wie bei der Geschichte des peruanischen Taxifahrers, dem beide Zwillinge während einer Operation wegsterben, und der nicht in seinem Wagen kutschiert, sondern in dem seines Chefs, wenn der einmal zu erschöpft dafür ist – also ein Gelegenheitsjob. Ein eigener Wagen – das wäre das Paradies. Und der *compagnero* kriegt sein Auto! Von Umberto Agnelli – nachdem Leoluca Orlando ihn mit dem *»Fall«* bekannt gemacht hat...

VI

Und so werden wir, manchmal dicht an dicht, zu Zeugen, wie der Autor in gleicher Augenhöhe mit Zeitgenossen verkehrt, die wohl weit mächtiger sind als er, aber nicht mehr moralische Reputation haben als der Erneuerer von Palermo.

Selbst längst eine internationale Größe, hätte Leoluca Orlando es eigentlich gar nicht nötig, sich der Bekanntschaft mit anderen internationalen Prominenten zu rühmen. Wenn er es aber doch tut, und er tut es reichlich, dann mit einer naiven Freude, die jedes Stirnrunzeln wegwedelt, weil sie alles Absichtsvolle an der Selbstpreisung aufhebt.

Und so erfahren wir denn unter dem symbolhaften Titel *Der sizilianische Karren* wie aus dem Handgelenk manch heitere und nachdenkliche Schnurre.

Köstlich die Zusammenkunft mit Fidel Castro in Rom anläßlich einer Audienz beim Papst: Umarmen – oder nicht? Handküssen – oder nicht? Und wenn ja – am Anfang oder am Ende der Begegnung? Leoluca Orlandos salomonischer Ratschlag: *»Tu es vorher und nachher.«* Und so sah denn die ganze Welt, wie der bärtige *Leader* des dahinsiechenden kubanischen Sozialismus die beringte Hand des *Heiligen Vaters* mit beiden Händen drückte ... Nicht ohne daß der sizilianische Arrangeur sich zuvor in Richtung Castro unsicher gefragt hätte: *»Hoffentlich mißachtet er nicht die Rechte seiner Landsleute, unter dem Vorwand des sinnlosen amerikanischen Embargos.«*

Doch, Freund Leoluca, das tat er und tut er, nach wie vor, und zwar unter Hinweis auf eben dieses in der Tat sinnlose Embargo. Ich jedenfalls mag die Alphabetisierung der kubanischen Nation nicht gegen das Defizit der ihr vorenthaltenen Menschenrechte aufrechnen.

VII

Endlich habe ich nun auch erfahren, wie Leoluca Orlando zu seiner Frau Milli kam, oder sie zu ihm – durch den Zufall einer schicksalhaften Ablehnung.

Bester seines Abiturjahrgangs, sollte die ursprüngliche Belohnung eine Reise nach Moskau sein. Dem Leitenden Mitglied des kommunistischen Jugendbundes aber, der darüber zu befinden hatte, war der Adlige ganz offenbar einer solchen Ehrung unwürdig, so daß der Zweitbeste sich auf den Weg nach Osten machen durfte, während der wahre Primus sich gen Westen, nach London wandte – zu seinem Glück.

Denn dort, am *Piccadilly Circus,* traf er auf eine junge schöne Sizilianerin, die ihn von Fotos und Zeitungen als den erkannte, der er war, den *»besten Abiturienten«.* Und so sprachen die beiden denn miteinander zwei Stunden lang über Kant und seine *Kritik der reinen Vernunft,* wohl aber nicht nur. Die Folgen sind bekannt: *»Wir haben geheiratet.«*

Der Umstürzler und die Umstürzlerin. Noch ohne Ahnung, was da kommen wird. Viel zuwenig Zeit für die Familie, für die Töchter Eleonora und Leila, deren Vater der *sindaco* von Palermo ist. Wenn sie sich dennoch einmal Muße genommen haben, ein Refugium ausgeforscht worden ist – die Bedrohung bleibt ständiger Begleiter. Wie an jenem Weihnachten im Aosta-Tal – Alarm, alles dunkel machen: *»Draußen ist ein Mann.«* Der aber wollte, wie sich herausstellte, nichts als frohe Feiertage wünschen.

Die Mafia vergiftet alles.

Die Familie im Würgeisen tödlicher Bedrohung des Gatten und Vaters, ewig bangend vor dem nächsten Telefonanruf, ewig in Ungewißheit vor potentieller Gewalt, und nach jedem Abschied im Zweifel, ob man sich noch einmal wiedersehen wird.

Die Mafia vergiftet alles.

Darum muß sie weg. Aber um welchen Preis. Trennungen, unzählige. Auch davon erzählen die *Geschichten.* Als die Tochter den Vater einmal fragte, ob sie ein Plakat malen dürfte, erschrak er, der Unstete und auch nach seinem Rücktritt 2000 als Bürgermeister von Palermo stets auf Achse Befindliche, vor der Frage: *»Hat sie denn Talent?«*

So wenig kennt er sein Kind...

Aber heute kann Bilanz gezogen werden: Die Bindungen sind fest geblieben, trotz allem, eine verschworene Gemeinschaft, mit vertrauten Menschen, die ein solches Dasein ausgehalten und mitertragen haben.

Vor allem: *»Danke, Milli«,* sagt der Gatte schlicht, und jeder spürt, was dahinter dräut.

Ja! Dank an die Frau, die das matriarchalische Rückgrat

der Sippe ist. Wenn es nicht schon vorher klar war, das Buch läßt keinen Zweifel daran.

Jeder, der sie nur ein bißchen kennt, kann zu keinem anderen Schluß kommen – da schwebt etwas Wunderbares um diese Familie, webt ein Mythos mit, der entweder in einem ist oder nicht.

In mir ist er immer gewesen.

VIII

Ich schlage die letzte Seite um und denke: Vor mir liegt das Buch eines Globetrotters in Sachen *Antimafia,* aber auch eines, das weit darüber hinausreicht mit der Philosophie des *sizilianischen Karrens* und seinen zwei Rädern: dem der *Kultur* und dem des *Rechts.* In Prosa übertragen heißt das: *»Laßt es uns besser machen. Es liegt nur an uns.«*

So simpel, so wahr ist die Botschaft. Und doch nicht ungefährlich, denn wie oft versandet sie in Beliebigkeit und Routine. Nicht aber hier. Sind es doch zwei Elemente, die das verhindern: Einmal das, was man den *»Bühneneffekt«* nennen kann, was heißt, daß der Akteur bei jedem Auftritt wieder das Publikum zu erobern hat, heute wie gestern und morgen. Dann aber werden Beliebigkeit und Routine auch durch den Protagonisten selbst verhindert. Der entblößt sein Innerstes, deckt seine Verwundungen auf und faßt die *Aufgabe,* die selbstgestellte und die angenommene, in die Formel: *»Sich nie an die Ermordung der beiden Mafiagegner und Freunde Giovanni Falcone und Paolo Borsellino gewöhnen.«*

Was eben kein Schwur mit nur lokalem, regionalem oder nationalem Radius ist, sondern ein globales Codewort für Leoluca Orlandos hervorragendste Eigenschaft – *Kapitulationsunfähigkeit.* Da verweigert sich etwas in ihm, da will die Flamme der Hoffnung nicht ersticken vor der gewaltigen Überlebensfähigkeit jener Schreckensmassierungen, von denen die Welt, und damit also auch wir, alltäglich medial und unisono heimgesucht werden.

Da scheint unter dem Symbol des Titels *Der sizilianische Karren,* manchmal direkt, manchmal unbewußt, etwas auf von der unsterblichen Sehnsucht, trotz aller Gegenbilder zum Frieden finden zu können, eine uralte *Vision,* die ich selbst nur zu gut kenne, etwas gegen alle konterkarierenden Realitäten Unzerstörbares.

Mögen auch manche darüber lächeln oder verstört reagieren: Da waltet eine verbliebene Sehnsucht nach dem *»Elysium«,* die Suche nach Nähe zur *»Insel der Seligen«,* die Kontinuität eines *unideologischen Idealismus,* kurz, ein unerschütterlicher Glaube an das Wunder der *Menschlichkeit* – der *umanità.*

Worin sich dennoch nichts anderes offenbart, also höchst kärnerhaft-nüchterne Arbeit – nämlich jeden Tag aufs neue wieder sein eigenes Molekül, die Energien des eigenen *Ego* beizusteuern, um diese Welt ein wenig bewohnbarer zu machen, als sie ist.

Genau an diesem Punkt sind wir an den Wurzeln der Orlandoschen Kraft.

Ich bekenne: Es sind auch die meinen.

Deshalb, postscriptum, caro amico Leoluca, cara Milli, Leila, Eleonora, marito Davide, Enkelin Leila und Enkel Paolo:

Abbasso la mafia – Nieder mit der Mafia!
Viva la Sicilia – nostr'amore!
Viva la vita – Es lebe das Leben!

Masino, Ballarò, Berlusconi

Masino wohnt in Ballarò. Ein Stadtviertel, ein Markt. Ein Stadtviertel der einfachen Leute und ein Markt der einfachen Leute, mitten in der Altstadt von Palermo.

Masino wirkt wie ein Sonderling. Zu seinen Absonderlichkeiten zählt, daß er sich immer auf die Seite des Rechts geschlagen hat, und das war in Ballarò ganz eindeutig eine Absonderlichkeit, und auf die Seite der zu kurz Gekommenen, und das ist eine weitere Absonderlichkeit für die, die Recht auch außerhalb der Grenzen von Ballarò fordern. Und um seine Stellung als Sonderling zu behaupten, kleidet er sich auch absonderlich: großer weißer Hut, schwarzer Überwurfmantel, Gehstock mit rundem Silberknauf.

Masino hat die Unterstützung meines Kampfes für Recht und Gesetz in Palermo mit Spott und Ausgrenzung bezahlt.

Masino hat mich noch nie um etwas gefragt. Und Gott allein weiß, wieviel er gebrauchen könnte.

Masino hat immer Respekt vor meiner knapp bemessenen Zeit gehabt. Meine Begegnungen mit ihm dauern zwei, höchstens drei Minuten und finden nur zwei- bis dreimal im Jahr statt.

Masino hat mir die Wichtigkeit beigebracht, den Kontakt zwischen Bildung und Straße aufrechtzuerhalten und die Brücke zwischen beiden zu sein. Am Ende unserer Treffen geht Masino niemals weg, bevor ich ihm nicht ein Buch geschenkt habe. Und sollte ich es doch einmal vergessen, fragt er mich mit jammernder Stimme und sanftem Blick: »Und das Buch?«

Masino nimmt jedes Buch an. Einmal hatte ich ihm ein Buch auf chinesisch gegeben. Er nahm es und sagte: »Ich kann zwar kein Chinesisch und ich werde das Buch auch nicht lesen, aber du verstehst, wie wichtig es ist, das Buch an die Straße zu binden, genau so, als würdest du sagen: Ich bin Luca, Ausdruck der Kultur des Buches und damit der Bildung, und gleichzeitig bin ich Luca, Ausdruck der Kultur der Straße.«

So ist Masino.

Einmal kommentierte ich, zu ihm gewandt, die derzeitige Lage der italienischen Politik, die Regierung Berlusconi, die Schäden, die Italien davonträgt.

»Ich kann die nicht verstehen, die Italien regieren, ich verstehe sie einfach nicht ... es kommt einem vor, als wären sie von einem anderen Schlag, als gehörten sie zu einer anderen Rasse.«

»Was heißt denn das, Professore, was heißt das: eine andere Rasse? So darf man nicht reden. Du warst es doch, der uns beigebracht hat, aufgeschlossen und gastfreundlich zu sein, du hast uns doch gesagt, daß das Anderssein einen Wert besitzt, du hast uns doch immer wieder gesagt, daß die Zukunft der Welt den Gemischtrassigen gehört, du hast gesagt, du würdest gerne einen gemischtrassigen Enkel haben. Und jetzt gebrauchst du den Begriff ›andere Rasse‹ wie etwas Abwertendes. Nein, Professore, die, die heute das Land regieren, Berlusconi und seine Leute, gehören keiner anderen Rasse an – sie haben keine Rasse und sie haben keine Klasse und noch viel weniger haben sie Rückgrat!«

Weder Rasse noch Klasse, genau so ist es.

Wie viele Worte müssen die Männer der Bildung eigentlich schreiben, um genauso klar das anzusprechen, was der Mann auf der Straße mit drei Worten ausdrückt?

So ist Masino. So ist Ballarò.

Abschiedskonzert

Ein Abendessen in Berlin. Sabine Christiansen lädt die Gäste ihrer Talkshow ein. Ich gehöre zu den Gästen. Doch meine ganze Aufmerksamkeit ist auf morgen gerichtet. Claudio Abbado gibt die Leitung der Berliner Philharmoniker ab, und morgen, am 26. April, dirigiert er die dritte und letzte Wiederholung seines letzten Konzerts als Chefdirigent dieses mythenumwobenen Orchesters.

Ich treffe ein. Die Männer des Begleitschutzes sind längst unterrichtet und führen mich unmittelbar in die Garderobe des Maestros.

Eine herzliche Umarmung, meine Worte der Bewunderung und der inneren Bewegtheit.

»Ich gehe jetzt auf meinen Platz.«

»Oh, Luca, nein, warte, bleibe noch.«

Viele kommen herein, umarmen ihn, grüßen ihn, gehen zu ihren Plätzen in der großen Philharmonie. Und ich bleibe in der Garderobe, weil Claudio Abbado mich darum gebeten hat. Es fehlen noch dreißig Sekunden bis acht Uhr, und Claudio sagt zu mir: »Jetzt können wir gehen. Komm mit.«

Ich habe mit Maestro Abbado den großen Saal der Philharmonie betreten, und zwar durch den Eingang, der den Künstlern vorbehalten ist. Alle stehen und applaudieren, und ich stehe neben dem Maestro, der sich von mir zum Podium hatte begleiten lassen.

Otto Schily, der Bundesinnenminister, drückt seine Überraschung über mein Erscheinen durch den Künstlereingang durch eine weitere Überraschung aus: er steht auf, kommt das Halbrund herunter, umarmt mich und geht dann wieder, unter dem erstaunten Blick der Anwesenden, auf seinen Platz zurück.

Ich nehme meinen Platz ein. Reihe 20, Platz 20. Mitten im Herzen dieses großen Saals. Ein ungewöhnliches Konzert. Ein ungewöhnlicher Abschluß.

Eine Leinwand wird heruntergelassen. Die alte russische Verfilmung von *King Lear* in der Regie von Kosintschew wird gezeigt. Das Licht im großen Saal erlischt. Das Orchester begleitet unter der Leitung von Claudio Abbado die Filmszenen mit der Musik von Dimitri Schostakowitsch.

Auch das russische Krächzen des Schwarzweißfilms wirkt harmonisch. Ich denke an die Zeit, als noch ein Klavier die Filmszenen begleitete, als noch eine Orgel wie die, die heute im Filmmuseum in Potsdam zu sehen ist, Musik und Klang in den Filmsaal brachte.

Was für ein bewegender Augenblick! Da ist das bedeutendste Orchester der Welt, dort steht der Mann, der als größter Dirigent der Welt gilt ... und sie beschließen einen Abschnitt der Musikgeschichte mit einem Konzert, in dem sie die gleiche Rolle spielen, die ein bescheidener Klavierspieler in einem Kinematographen der zwanziger Jahre am Stadtrand gespielt hat.

Die höchste und universellste künstlerische Ausdrucksform des Menschen, die Musik, macht sich zur Magd der Bilder eines alten Films.

Fünfunddreißig Minuten Standing ovations. Am Ende gehe ich wieder zu den Garderoben zurück. Eine Gruppe Abbadianer, die für diese Gelegenheit aus allen Teilen der Welt angereist ist, wartet darauf, den Maestro umarmen zu können. Sie steht Schlange.

Abseits trinke ich ein Bier mit Klaus Wowereit, dem Regierenden Bürgermeister der Stadt.

Ein Mitarbeiter Abbados kommt zu mir und sagt in festem, aber freundlichem Ton: »Der Maestro erwartet Sie in seiner Garderobe.«

Ich folge ihm, ich durchbreche die Kette der Abbadianer, die vor der Türe seiner Garderobe warten, ich versuche, meine Verlegenheit zu beruhigen, indem ich mir die Worte wiederhole, die der vor mir hergehende Mitarbeiter gesagt hatte: »Maestro Abbado bittet um ein Treffen mit Luca Orlando.«

Ich betrete die Garderobe. Meine innere Bewegung ist gewaltig. In der Hand halte ich die Ehrenkarte mit dem historischen Datum des 26. Aprils 2002.

»Ich habe noch nie um ein Autogramm gebeten. Aber darf ich dich um eines bitten?«

Ich bin innerlich so von Gefühlen überwältigt wie ein kleines Kind.

»Für wen ist es?« fragt Abbado.

»Für mich!« sage ich laut.

»Für Luca, Claudio Abbado«, steht auf der Konzertkarte, die heute eingerahmt in meinem Arbeitszimmer in Palermo hängt.

Leben mit Sirenen und Schweigen

Das scheußliche Geheul der Sirene des Begleitschutzes kündigt an, daß es Zeit ist, aus dem Haus zu gehen. Es ist einer der vielen Tage gegen Ende der achtziger Jahre.

Ich gehe hinaus. Sofort werde ich umstellt. Vor mir, auf den Vordersitzen, der Chauffeur und ein weiterer Schutzbeamter, ihre Gesichter sind mir längst vertraut geworden. Sie sind freundlich, konzentriert und auch bewaffnet. Vor uns und hinter uns zwei gepanzerte Autos mit weiteren sechs Schutzbeamten, freundlich, konzentriert und bewaffnet.

Links von uns, auf dem Bürgersteig, seelenruhig, ein Verrückter, der in der Umgebung meines Hauses im Freien kampiert. Inzwischen ist er zum getreuen Gefährten der Mannschaft in dem gepanzerten Fahrzeug geworden, das Tag und Nacht vor meinem Haus in der Abschleppzone steht. Einer Zone, die für alle verboten ist, um die Anbringung einer automatischen Bombe zu verhindern. Einer Zone, die für alle verboten ist, nur nicht für den friedlichen Verrückten, er ist eines der wenigen Anzeichen für Normalität im Umkreis meines Hauses.

Ich lächle, er lächelt zurück. Der zahnlose Mund steht immer noch für ein Lächeln als Antwort offen, als wir mit aufgedrehten Sirenen die Via Libertà erreichen. Auf beiden Seiten der Straße der angemessene Prolog zu jedem meiner Wege zur Arbeit: ich werde mit den Schäden konfrontiert, die die Mafia und die Unterentwicklung der Stadt zugefügt haben. Bei der schnellen Fahrt schießen die Trophäen der Ausplünderung der Stadt an mir vorüber, die anmaßenden Wohnblöcke, die sich hochmütig an die Stellen zauberhafter Jugendstil-Villen einer nicht weniger schuldigen, aber wenigstens doch phantasievolleren, einer möglicherweise sogar scheinheiligeren, aber wenigstens doch mußevolleren Epoche der Vergangenheit gedrängt haben.

Mein fiebriger Charakter, der mich zu einem einsamen, aber hartnäckigen Kämpfer hat werden lassen, zwingt mich, mit eiskaltem und gleichwohl umgänglichem Blick die Abscheulichkeiten, die es um mich herum gibt, anzusehen.

Ich denke über die Männer meiner Begleitung nach, eine Last der Zeit, die ich durchleben muß, und auch eine der Entscheidungen, die ich mich entschlossen habe, auf mich zu nehmen. Die Männer des Begleitschutzes stehen unübersehbar für die Angst der öffentlichen Einrichtungen. Andere Männer eines anderen Begleitschutzes, nämlich dem der Mafia und ganz ohne Sirenen, stellten bis vor kurzem die noch viel schlimmere Angst der öffentlichen Einrichtungen in Palermo dar.

Für mich ist es fast unerträglich, mit anhören zu müssen, wie mein Erscheinen durch Sirenen angekündigt wird, durch diesen hohen heulenden Ton einer von Angst aufgeladenen Ernstfallsituation. Und jedesmal ist es wie beim ersten Mal. Es ist unerträglich, weil es unerträglich ist, aber gleichzeitig erfährt diese Situation noch eine dramatische Steigerung, weil ich als Bürgermeister doch aufgerufen bin, freudvolle, lebensfrohe, befreiende Antworten zu geben. Und die Aufforderung, doch nicht so zu rasen und den Einsatz der Sirenen einzuschränken, bleibt ungehört, und damit wird auch immer wieder mein Versuch in Frage gestellt, doch nicht zu vergessen, daß ich ein Bürgermeister bin, der einen Prozeß der Befreiung, einen Prozeß des Lebens in Gang setzen will. Die Anweisungen der Sicherheitsbehörden sind unumstößlich: so schnell wie möglich rasen, mit möglichst lauten Sirenen unsere Anwesenheit bekanntmachen. Meine bescheidene Aufforderung, meine schüchterne Gebärde mit der Hand, doch beherrschter zu sein, haben einen tiefen Sinn, dürfen aber von den Polizisten pflichtgemäß nicht befolgt werden. Viele Autofahrer, die wir in ihren Blechdosen auf die Seite drängen, winken freundlich, und ich erwidere jeden dieser Grüße mit einer vertrauten Gebärde, die von den nächsten Autofahrern in Anbetracht unserer Geschwindigkeit verständnisvoll aufgenommen wird, wohl auch, weil jeder meint, mein Gruß gelte ihm ganz persönlich.

Wie viele der Gesichter, die ich in diesem Blechwald erkenne, gehören wohl zu der sichtbaren und unsichtbaren Gewalt von Palermo? Wie viele Killer sind gelähmt in diesem Stau, neben dem »Bürgermeister der Erneuerung, der Antimafia«? Und wie viele Freunde derer, die Piersanti Mattarella, Pio La Torre, den Richter Gaetano Costa, den Staatsanwalt Rocco Chinnici, den Comissario Ninni Cassarà umgebracht haben, werden sich neben den Killern befinden? Wie viele von denen, die mit mir oder mit den Killern in diesem Stau stekken, sind Familienangehörige oder Freunde von Menschen, die ermordet wurden, weil sie dem Traum von einer Normalität nachhingen, die ein Synonym für Glück in dieser aristokratischen und heruntergekommenen Hauptstadt ist?

Diese Gedanken, diese Erwägungen und Einsichten verschwinden, sobald ich mein Büro betrete, mein wunderschönes, mein geschundenes Bürgermeisterbüro.

Spannungen, Hoffnungen, Legalität und Verbrechen … Ich verschwinde hinter dem Berg von Dokumenten, die ich durcharbeiten muß, und bis jetzt auch in den Telefongesprächen eines Palermitaners, dem die Ehre widerfährt, Bürgermeister seiner Heimatstadt zu sein. Ich sitze auf dem Stuhl, auf dem auch schon andere Bürgermeister gesessen haben, Freunde von Mafiabossen und manchmal sogar selber Mafiabosse.

Hier, in diesem Büro, auf diesem Stuhl sitzend, denke ich über viele Alltäglichkeiten nach, vor allem über die Omertà, das Gesetz des Schweigens. Wie ist es möglich, die Palermitaner zu kritisieren und über sie zu lachen, die sich diesem Gesetz des Schweigens beugen und nicht mit der Justiz zusammenarbeiten, wenn diese Stadt Staatsanwälte erlebt hat, die Freunde von Mafiabossen waren, Politiker, die selber Mafiabosse waren, Bürgermeister, die Tischgenossen von Killern, Tischgenossen von Menschen waren, die Morde in Auftrag gegeben haben, von Polizisten, die den Paten höher hielten als das Gesetz?

Ein Tag wie jeder andere. Gelegentlich etwas Neues: Der Chef des Begleitschutzes flüstert manchmal, wenn er mich morgens zu Hause abholt: »Heute morgen haben wir unterschreiben müssen.« Weiter nichts. Ich muß es nur wissen. Sagen muß ich nichts.

Manchmal, wenn Attentatsdrohungen konkreter werden, läßt die Direktion der Polizeibehörde ihre Polizisten, die für meine Sicherheit abgestellt sind, eine Erklärung unterschreiben, in der sie versichern, sie seien informiert worden, daß ich, daß wir alle einem Augenblick von außerordentlicher Gefahr ausgesetzt sind.

Die Polizisten unterschreiben das, ich werde darüber informiert. Und die Sache ist geregelt.

Abitur

Ein junger Mann von bester Erziehung aus gutem Haus, hoch geschätzt von seinen Lehrern und ebenso anerkannt von seinen Mitschülern, hat er die Schuljahre glänzend hinter sich gebracht und sich durch seine quirlige Intelligenz, seine rasche Auffassungsgabe und seine Hingabe ans Lernen ausgezeichnet.« Das war im Jahr 1965, und so hatte ich, nach den Worten des Schulamtsleiters der Stadt Palermo, meine Gymnasialzeit abgeschlossen. Ich hatte sie ausschließlich im Istituto Gonzaga verbracht, der von Jesuiten geleiteten renommierten Lehranstalt. Mein Abitur, mit lauter »sehr gut« und »fast sehr gut«, war das beste klassische Abitur in Italien. Und trotzdem stand ich in dem Jahr, wie schon in allen vorhergehenden Jahren, in der Gefahr, nicht versetzt zu werden beziehungsweise nicht zu bestehen, weil meine Note in Betragen ungenügend war. Ich war zwar Klassenbester, was die Leistungen anging, aber ich war auch der größte Rebell. Meine gesamte Kindheit und Jugend sind von diesem Widerspruch geprägt, von dem ständigen Konflikt zwischen meinem innersten Wesen und den Rhythmen und Verpflichtungen meiner Familie und ihrem gesellschaftlichen Rang innerhalb des sizilianischen Großbürgertums.

Meine Schulzeit, die, sieht man sie sich genauer an, eine Erfahrung im Vitrinenschrank war, ging zu Ende, als ich nach dem Abitur in die Redaktion der »L'Ora« ging, der progressiven Nachmittagszeitung, und den Antrag stellte, die Reise nach Moskau zu machen, die als Preis für das beste Abitur in der Provinz von Palermo ausgeschrieben worden war. In dem Jahr also meines. Ich stellte mich dem mit der Ausschreibung betrauten Redakteur vor und sagte, daß ich von einer Privatschule käme – für einen Augenblick glaubte ich, ich hätte ihm damit gewissermaßen ein Geheimnis anvertraut.

Obwohl in der Ausschreibung des Preises keine Einschränkung hinsichtlich der Schulen gemacht worden war, antwortete mir der Redakteur, daß ich diese Preis-Reise nach Moskau niemals erhalten würde. Ich stotterte, erhob Einwände, sagte, daß die Kommission, vor der ich die Prüfungen ablegen mußte, eine staatliche Kommission war, ich hätte die Prüfungen mit den gleichen Schwierigkeitsgraden und vor den gleichen Studienräten, die in den öffentlichen Gymnasien von Palermo unterrichteten, bestanden.

Doch das reichte alles nicht aus, diesen dickschädeligen kommunistischen Redakteur zu überzeugen. Nach Moskau fuhr nicht ich, sondern Savino Mazzamuto, ein leitendes Mitglied des Kommunistischen Jugendbundes, der in der Rangliste gleich hinter mir stand.

Das war eine schmerzhafte Erfahrung. Aber ich hatte inzwischen den Schritt nach draußen gemacht und konnte jetzt nicht mehr in Watte verpackt unter der Glasglocke leben.

Der Konflikt zeigte sich während meiner Universitätszeit noch einmal: Ich entschied mich für die Juristische Fakultät, und diese Entscheidung war ganz sicher durch meinen Vater beeinflußt, der einer der angesehensten Zivilrechtler von Sizilien war. Ich entschied mich für die Fakultät meines Vaters, besetzte dann aber eben diese Fakultät, deren Dekan mein Vater später wurde.

Mein 1968

Mein Studienbuch voller 30 »cum laude«, aber auch den Schlafsack unter dem Arm, um die Universität zu be-setzen: das ist mein 1968.

Das frühe 1968, das am Rand, das der Provinz, das der Verdienste. Und so war es auch außerhalb Italiens, Hunderte Kilometer von Palermo entfernt, in Heidelberg. Es war eine absolut ungewöhnliche Erfahrung. Heidelberg mit seiner alten Universität, der Universität Rudi Dutschkes, einem der Führer des internationalen Protests. Aber Heidelberg war auch die Stadt, in der mein Vater fünfzig Jahre zuvor studiert hatte.

Alles beschwor noch jetzt meine Herkunft, meine Geburt, meine Familie. Mein Vater: ein Repräsentant des städtischen Bürgertums der Freiberufler, mit einer Ahnenreihe von Juristen in der Familie, deren Anfänge in den bürgerlichen Landständen liegt. Meine Mutter: eine Angehörige des alten sizilianischen Adels. Sie schrieb es der Ehe mit ihrem großbürgerlichen Gatten zu, daß sie sich, anders als die anderen, vor dem Niedergang der Aristokratie auf der Insel retten konnte. Gleichzeitig aber warf sie ihm seine nicht-aristokratische Herkunft vor.

Der Landadel war eine mächtige und allgegenwärtige Klasse. Ein Vorfahr meiner Mutter, der Signore von Celano in den Abruzzen, war zum Beispiel dem heiligen Franziskus begegnet, der ihm den Tod voraussagte. In Assisi, in der Basilika des heiligen Franziskus, stellen vier kleine Randszenen in den Fresken des großen Giotto diese Begegnung dar.

Das Vermögen oder sagen wir, weiterfassend, die Fortüne der Familie meiner Mutter begann durch den Unternehmungsgeist eines ihrer Vorfahren, des ersten Königlichen Biographen der Geschichte: Er überzeugte Karl V., die Gestalt eines Königlichen Biographen zu schaffen, und schrieb eine so vorteilhafte Biographie über den König von Sizilien und Kaiser des Heiligen Römischen Reiches, daß sein königlicher Herr ihn mit Geld, Titeln und Landgütern beschenkte.

In meinen Kindheitserinnerungen gibt es auch die Angst vor Kidnapping, eine Erfahrung, die einige Mitglieder meiner Familie schon durchgemacht hatten, und hinter vorgehaltener Hand flüsterte man sich die Vorsichtsmaßnahmen zu, die man treffen mußte, wenn man auf Reisen ging. Und wer weiß, ob ich mich nicht damals schon auf mein Leben von heute in gepanzerten Fahrzeugen eingeübt habe.

Gegenüber meiner Familie habe ich immer eine große Liebe bewahrt, doch nach und nach wuchs auch das Bewußtsein, daß, wenn ich nicht ersticken wollte, ich die Widersprüche der Klasse, der Familie, der Herkunft auflösen oder sogar zur Explosion bringen mußte. Später habe ich dann in der Politik, das heißt außerhalb des Familienkreises, eine ganze Reihe von Gefühlen zum Ausdruck gebracht, die in der Sphäre des Privaten, in den Beziehungen zu meinem Vater, zu meiner Mutter und zu meinen weiteren Familienangehörigen nur geflüstert oder gar nicht erst geäußert wurden.

In Palermo spielte die Tatsache, daß ich ein Sohn der Bourgeoisie bin, eines Dekans der Fakultät, meine Herkunft aus dem Bereich des Katholizismus eine einengende Rolle. Die Nachteile zwangen mich zu nachdrücklicher Kohärenz, zu noch mehr Ernsthaftigkeit und Unnachgiebigkeit: Der Wille, diese Schemata aufzubrechen, schärfte mein Pflichtbewußtsein. Ich durfte auf keinen Fall unwürdig sein.

Und ich konnte mir nicht erlauben, einen Fehler zu machen, denn anderenfalls hätte ich das Vorurteil bestärkt, nur eines dieser Papasöhnchen zu sein, deren Spielerei darin besteht, modern sein zu wollen. Ich mußte alles doppelt und dreifach bezahlen. Wollte ich den Aufmüpfigen im Istituto Gonzaga spielen? Dann mußte ich Klassenbester sein. Wollte ich gegen das System protestieren, eingehend Marcuse erörtern oder die maoistische Revolution? Dann mußte ich nur immer 30 »cum laude« bekommen.

Es machte mir durchaus Spaß, gegen das bürgerliche System zu protestieren, dem ich entstammte, aber für diese Entscheidungen habe ich zahlen müssen. Nur so und ausschließlich so wurde der umstürzlerische Charakter einiger meiner Verhaltensweisen toleriert. Der Trost, den meine Familie sich gegenseitig zusprach, war: Na, eigentlich ist er ganz tüchtig, er lernt doch fleißig.

Der Stolz meiner Familie bestand darin zu sehen, daß ich auf moderne Weise öffentlich die gleichen Werte von Rechtmäßigkeit anwende, die auch ihr privates Leben geprägt hatten.

Um mit dem System zu brechen, dem ich entstamme, ohne mich aber von der Familie zu trennen, mußte ich also auf den bürgerlichsten aller Werte zurückgreifen, nämlich das Verdienst.

Das Jahr 1968 war für mein persönliches Wachstum Gelegenheit und Vorwand, die Widersprüche in meiner Identität aufzubrechen. Nicht Gelegenheit, meine Identität zu verlieren oder aufzugeben, sondern sie neu zu erwerben, auf einer reiferen, zivilisierteren, menschlicheren Ebene. Eine nicht mehr länger eindimensionale Identität.

Milli

Die Frauen ebenso wie die Kinder haben viel, sehr viel getan, um die Sizilianer aus ihrem langen Schlaf zu wecken und einen Augenblick lang einen Gegenentwurf zur Mafia aufzuzeigen. Ich könnte viele Begebenheiten nennen. Eine davon, die am weitesten zurückliegende, bleibt für mich die entscheidendste und wichtigste.

Ich war noch keine achtzehn, als ich das Abitur machte. Einige Zeitungen hatten darüber berichtet.

Zur Belohnung gab es eine Reise nach London.

Am Picadilly Circus, an dem feuchten Brunnen, erkannte mich eine junge, schöne Sizilianerin:

»Aber bist du nicht Leoluca Orlando, der beste Abiturient von Italien? Ich habe dein Foto in den Zeitungen gesehen.«

»Ja, der bin ich«, sagte ich stolz.

»Sag mal, kannst du mir helfen? Kannst du mir Kants Kritik der reinen Vernunft erklären? Weißt du, auch ich habe dieses Jahr mein Abitur gemacht, natürlich nicht mit deinen Noten. Und obwohl ich Philosophie gebüffelt und die Prüfungen bestanden habe, kann ich behaupten, daß ich nie verstanden habe, was genau der alte Herr aus Königsberg eigentlich sagen wollte.«

»Natürlich kann ich dir die Kritik der reinen Vernunft erklären«, antwortete ich, und mein Stolz schwoll an.

Zwei Stunden sprach ich über Philosophie, über Kant. Damals konnte ich zwei Stunden über Philosophie reden, heute allenfalls eine halbe Stunde. Die Zeit und die Politik zerstören auch die Philosophie. Am Ende bedankte sich Milli. So hieß die junge, schöne Sizilianerin.

»Endlich habe ich die Kritik der reinen Vernunft begriffen. Danke dir.«

Und sofort fügte sie sehr bestimmt hinzu: »Ja, was Kant betrifft, ist alles klar. Du hast klare Ideen im Kopf, meine Hochachtung!« und hängte gleich noch an: »Na ja, schon gut … aber du, ein Sizilianer, was unternimmst du eigentlich gegen die Mafia?«

Wir haben geheiratet.

Milli ist meine Frau geworden und ich ihr Mann.

Die Rolle der Frauen gegen die Mafia: Meine Lebenserfahrung hat das sanfte und starke Gesicht von Milli.

In Augenblicken, wenn ich mir vorstelle, daß ich weggegangen bin, daß ich Milli, Eleonora und Leila nicht die Zeit gewidmet habe, die ich ihnen hätte widmen müssen, läßt mich die Erinnerung an diese Begegnung, an diesen gebieterischen Ton, der über all die Jahre gleichgeblieben ist, verstehen, daß es eine Einheit gibt, eine Verbindung, die jenseits der Anzahl der miteinander zu Hause verbrachten Stunden immer fester wird.

In Sizilien haben es viele so wie ich erlebt, daß man in einem Geflecht aus Familienglück und gesellschaftlichem Engagement, aus Liebe für die eigenen Verwandten und Kampf gegen die Mafia aufgehoben und geborgen ist.

Danke, Milli.

Porträt eines Vaters

Thema des Klassenaufsatzes: »Beschreibt euren Vater.« Eleonora, meine Tochter, damals sechs Jahre alt, schreibt folgendes:

Mein Vater ist groß, er hat schwarze Haare, braune Augen und er ist dünn. Er hat drei Arbeiten: Rechtsanwalt, Stadtverordneter und Universitätsprofessor. Zu Hause ist er fast nie, und wenn er da ist, ist er in seinem Arbeitszimmer. Papas Hobby ist Schreiben. Mein Vater ist manchmal gut und manchmal nicht. Wenn meine Schwester und ich uns zanken, löst er alle Probleme. Manchmal bringt mich mein Vater zur Schule, und zwar sehr spät, gegen zehn nach neun, weil Besuche kommen und er viel telefoniert.

Mein Vater ist gut, aber wenn er schimpft, schimpft er so, daß sogar die Hühner weinen.

Einmal hatte er nämlich meine Schwester ausgeschimpft, die dann die ganze Nacht geweint hat.

Das ist mein Leben. Wie könnte man es besser erzählen als aus der Sicht eines Mädchens von sechs Jahren?

Dieser Klassenaufsatz steht seit Jahren auf meinem Schreibtisch.

Ein zärtlicher und doch auch entschiedener Ruf nach der Vernünftigkeit der Gefühle und nach der Feinfühligkeit der Vernunft.

Heilige Bande

Seit 1999 sind es nicht mehr ausschließlich die Rauschgifthändler großen Stils, die die Bande zwischen Kolumbien und Sizilien knüpfen, sondern auch eine Heilige.

Ich, Ehrenbürgermeister von Palermo in Kolumbien, will erzählen, warum das so ist.

Eines Abends erfuhr ich bei einem Abendessen im Haus einer meiner Schwestern von Monsignore Paolo Romeo, dem Apostolischen Nuntius in Kolumbien, etwas über eine Stadt in Südamerika namens Palermo. Und Monsignore Romeo fügte hinzu: »Ich bin Palermitaner, Ehrenbürger von Palermo... in Kolumbien.«

Und nach dieser Mitteilung erfuhr ich, daß es auf der Welt sage und schreibe achtundzwanzig Orte gibt, die Palermo heißen, daß aber das kolumbianische Palermo das größte von allen gleich nach dem sizilianischen ist.

Ich schrieb an meinen Bürgermeister-Kollegen von Palermo in Kolumbien und lud ihn zu den Feierlichkeiten des Festes der Santa Rosalia im Jahr 1998 ein.

Palermo in Kolumbien nennt sich nicht so wegen der sizilianischen Palermitaner, die dorthin ausgewandert sind, wie man vermuten könnte, sondern wegen der Verehrung einer Heiligen, die in Palermo auf Sizilien gelebt hatte.

Im Jahr 1906 änderte die Stadt Guagua mitten im Indioherzen Kolumbiens ihren Namen, weil Hunderte kolumbianischer Bürger dies forderten: Sie waren der heiligen Rosalia dankbar wegen des Schutzes und wegen empfangener Gnaden, die ihnen durch die Vermittlung der Heiligen zuteil geworden waren.

Auf dem Berg, der die kolumbianische Hauptstadt Bogotá überragt, wurde eine Statue der Santa Rosalia aufgestellt, und in der Nacht zwischen dem dritten und dem vierten September ziehen Tausende von Pilgern zu Fuß auf diesen Berg. Genau wie in Palermo auf Sizilien, bei der Wallfahrt zur Kultstätte auf dem Monte Pellegrino. Goethe hat sie in seiner *Italienischen Reise* und Gregorovius in seinen *Wanderjahren in Italien* beschrieben.

Doch während der folgenden neunzig Jahre gab es keinerlei Kontakte zwischen Palermo dort und Palermo hier. Und doch haben beiden Städte in diesem Zeitraum gleichermaßen eine Geschichte von Gewalt, von Unterentwicklung und von Rauschgift erlebt.

Seit 1998, seit meiner zufälligen »Entdeckung« der Schwesterstadt und dem Besuch von Miguel Antonio Costaneda Casanova, dem Bürgemeister von Palermo, Kolumbien, begann eine Freundschaft. »Für uns öffnet sich die Türe zur Welt«, sagte mein Amtskollege aus Kolumbien. »Wir treten aus dem Dunkel der Isolierung heraus.«

Und die Schwesterstadt der heiligen Rosalia stellte der internationalen Gemeinschaft eine Liste von Projekten und Bedürfnissen vor.

»Dank der Glaubwürdigkeit des sizilianischen Palermos«, sagte Miguel Antonio wieder, »das sich auf den Weg der Erneuerung und der Wiedergeburt gemacht hat, werden wir zu Gefährten und die Heimatstadt der von uns verehrten heiligen Rosalia zum Garanten unserer Träume und Projekte.«

Die Erneuerung Palermos wurde zum Vorbild für die Erneuerung der transatlantischen Schwesterstadt. So wird Palermo heute in Kolumbien als alternatives Modell zur Gewaltherrschaft des Rauschgifthandels betrachtet. Ein großer Industriepark wird mit Geldern der holländischen Regierung und mit europäischer Technologie aufgebaut, ein Flughafen wird mit Hilfe eines französischen Unternehmens geplant und gebaut.

Der Bürgermeister und die Bewohner sehen dabei nicht nur zu, sondern gehen weiter und tun etwas Entscheidendes: Sie beginnen mit der Zerstörung der Koka-Plantagen und bauen Südfrüchte an ... nicht mit Bäumen aus dem benachbarten Mexiko oder dem nicht weit entfernten Kalifornien, sondern mit Bäumen, die symbolisch und sehr bewußt aus dem fernen-nahen Palermo auf Sizilien zu ihnen geschickt wurden.

Zum Fest der heiligen Rosalia im Jahr 2000 wurde mir die Würde eines Ehren-Alkalden von Palermo, Kolumbien, verliehen, mit der Aufgabe, die Stadt auch weiterhin international zu vertreten und sie auf ihrem Weg der Verwirklichung eines Traums von Normalität und zivilem Wachstum zu begleiten.

Antimafia

Montag, 10. Februar. Eine große Menschenmenge an den Gittertoren des wie ein Bunker gesicherten Gerichtssaals am Ucciardone.

Drinnen sahen sogar die Angeklagten aus, als würden sie etwas feiern. Als ich an den Käfigen vorbeiging, war mir, als könnte ich körperlich ein Flüstern wahrnehmen: »Sieh einer an, sieh einer an. Das da ist ja der Bürgermeister.« Ich fühlte mich umgeben von Staunen und Ablehnung. Ein Gefühl, das ich noch zweimal ein paar Monate später erleben sollte, als ich meine Zeugenaussage machte. Da waren die Käfige hinter mir leer: Die Angeklagten hatten sie und damit den Gerichtssaal kurz vor meinem Eintritt verlassen, um damit ihre feindselige Haltung mir gegenüber zum Ausdruck zu bringen. Und dann noch einmal im Jahr 1989, als ich in einem ebenso leeren Gerichtssaal – inzwischen war das Interesse an dem Maxiprozeß gegen die Mafia abgeflaut – meine Berufungsbegründungen als Vertreter der Stadt Palermo, die als Nebenklägerin auftrat, erneut darzulegen hatte.

An diesem Februartag des Jahres 1986 setzte ich mich jedenfalls neben die Angehörigen der Mafiaopfer: Ihre Stellung war ganz fraglos äußerst prekär. Kurz vor Sitzungsbeginn betrat Signora Rugnetta den Gerichtssaal, ganz in Schwarz gekleidet. Das war wohl einer der bewegendsten Augenblicke dieses verwirrenden Vormittags, an dem es vor Menschen im Gericht nur so wimmelte.

Signora Rugnetta war die Mutter eines jungen Mannes, der

in Mafiadinge verwickelt gewesen und einen bestialischen Tod gestorben war. Diese für die Mafia typische Todesart wird »incaprettata« genannt, das heißt, der aus den Reihen der Mafia stammende Verurteilte wird mit einer Schlinge um den Hals rücklings an Armen und Füßen gefesselt und stirbt so einen langsamen und qualvollen Erstickungstod.

Signora Rugnetta fragte etwas verloren: »Wo ist hier Gerechtigkeit, wo?« Auch sie wollte als Nebenklägerin auftreten, und das war ungewöhnlich: Eine Frau, Mutter eines jungen Mannes aus der Mafiaszene von Palermo, suchte, allein und verloren, in diesem Gerichtssaal die Justiz des Staates – gegen die Mafia.

Signora Rugnetta ist einer von den Menschen, die von da an regelmäßig meine Tage bestimmten. Ich habe diese Menschen danach ständig getroffen. Wenn sie ein Problem hatten, kamen die Angehörigen der Mafiaopfer und setzten sich ins Vorzimmer des Bürgermeisters von Palermo.

In dem Gerichtssaalbunker hatte man an diesem Tag deutlich das Empfinden, daß sich etwas ändern könnte. Ein Teil der Mafia stand endlich vor Gericht. Das Jahr 1986 verlief ebenfalls im Zeichen der Hoffnung und der Veränderung.

Aber es war auch das Jahr der Rechtsillusion. Dieser Maxiprozeß bestimmte die Zeit in unserer Stadt, er stand aber auch in der Gefahr, zu einem bloßen Alibi für uns alle zu werden, vor allem für den Staat.

Als die Spannung des ersten Augenblicks sich gelegt hatte, tauchten Zweifel auf, und in mir entstand eine Unruhe wegen der Gefahr der Routine, der Prozeßriten. Die Antimafia durfte nicht zum Schutz dessen verkommen, was sich in diesem Maxiprozeß abspielte, und das Jahr 1986 flog außerhalb des Gerichtsbunkers mit der verzweifelten Suche nach einem Ausweg aus der bloßen Zeugenaussage gegen die Mafia dahin.

Der 7. Oktober war einer der dunkelsten Tage in der Geschichte Palermos: Um neun Uhr abends wurde unter einer Laterne in einer Nebenstraße des Viertels von San Lorenzo der kleine elfjährige Claudio Domino von zwei Killern auf einer Kawasaki erschossen.

Dieses Verbrechen hatte uns allen zunächst die Sprache verschlagen. Man konnte sich nicht vorstellen, daß es noch etwas Furchtbareres gab. Eine Todesbotschaft, die endgültig war und sich gerade in einem der hitzigsten Augenblicke der Auseinandersetzung über Mafia und Antimafia an die gesamte Gemeinschaft richtete.

San Lorenzo ist eines der Stadtviertel, in denen die Kontrolle der Mafia beinahe absolut ist, weshalb dort auch ein Mord etwas sehr Seltenes ist: In dieser Zone scheint so etwas wie eine Pax mafiosa zu herrschen. Wieso aber dann dieser Mord?

Wahrscheinlich wollte die Mafia damit eine Botschaft an die gesamte Stadt richten, an die, die Veränderung forderten.

Und so erschien am 10. Januar 1987 Leonardo Sciascias Artikel über die »Profis der Antimafia« im *Corriere della Sera,* und der Bann war gebrochen. Die Positionen wurden klar abgesteckt, denn sowohl die Stadt als auch das gesamte Land spaltete sich. Die beklemmende Zeit vorgetäuschter Einstimmigkeit in Sachen Antimafia war zu Ende.

Sciascia hatte den Ermittlungsrichter Paolo Borsellino und mich, den Bürgermeister von Palermo, als »Antimafia-Profis« bezeichnet.

Sein Artikel verursachte einen Skandal und rief harsche Kritik sehr vieler Repräsentanten der zivilisierten Gesellschaft hervor, vieler Journalisten und zahlreicher Staatsanwälte gegenüber Leonardo Sciascia, und sie stellten sich vor Paolo Borsellino und vor mich.

Und das kam so: Am 6. Januar 1987 hatte ich mit Blick auf die Erinnerungsfeier für Piersanti Mattarella beschlossen, still zu sein und nichts zu sagen. Es war fast, als hätte ich eine Warnung gespürt. Mattarellas Tod jährte sich zum siebten Mal. Neues Jahr, neue Hoffnung und alte Spannungen. Ich war inzwischen das sichtbare Gesicht des Antimafia-Lagers geworden.

Ich fühlte mich mit meiner Schärpe in den italienischen Staatsfarben dazu verurteilt, den Hanswurst zu spielen, der während der Feierlichkeiten Kränze niederlegt. Am Ende einer jeden dieser Pflichtübungen war ich gezwungen, immer wieder das gleiche zu sagen.

Neben mir stand dann immer jemand, der mir zuflüsterte: »Du mußt jetzt etwas sagen ...« Und ich sagte etwas, einmal, um die Staatsanwaltschaft nicht zu verdrießen, zum anderen, um die Polizei und auch die Politiker nicht unzufrieden zu machen.

»Diesmal rede ich nicht«, versprach ich mir ein paar Tage vor dem 6. Januar. Stille, um des Menschen zu gedenken, mit dem ich gemeinsam in der Politik angefangen habe.

Ich informierte Piersantis Verwandte über meine Absicht. »Keiner wird mir schließlich unterstellen, ich würde mich von ihm distanzieren. Aber den anderen will ich ein Beispiel für Stil geben«, sagte ich.

Der Tag kam, und wir gingen zu der Gedenkfeier, ich mit dem Kranz und der Schärpe.

Eine Minute der Sammlung. Dann wollte ich gehen. Ich drehte mich um und fand mich vor einer unüberwindbaren Mauer von Gesichtern: Sämtliche Amtsträger, regungslos, unerschütterlich, in Erwartung, daß ich etwas sagen würde.

Ich wollte durch sie hindurch. Keiner rührte sich. Erst da begriff ich, daß sie mich nicht so einfach gehen lassen würden.

Ich biß mir auf die Zunge, bis sie blutete. Und dann – sei es, weil ich mich selbst bestrafen wollte, sei es aus Gefallen, in diesen Gesichtern doch wieder die übliche Grimasse aus Lästigkeit und Mißbilligung zu erblicken – begann ich mit den gewohnten, fast schon ritualisierten Worten: »Wir fordern Wahrheit und Gerechtigkeit für die großen politischen Verbrechen...« Das war Dienstag.

Dann erschien am Samstag, dem 10. Januar, im *Corriere della Sera* Sciascias Artikel über die Antimafia-Profis. In der Rezension eines Buches über Mafia und Faschismus sagte er am Ende, daß der Faschismus »die Antimafia als Machtinstrument« benutzt habe. Und er vertrat die Ansicht, daß diese Gefahr »auch in einem demokratischen System bei entsprechender Rhetorik und bei Verlust des kritischen Verstandes« bestehe.

Dann machte Sciascia im Untersuchungsrichter Paolo Borsellino und in mir zwei Beispiele für ein derart minderwertiges »Profiwesen« aus. Zwar nannte er meinen Namen nicht ausdrücklich, er sprach von einem »hypothetischen Beispiel« und schrieb: »Nehmen wir, beispielsweise, einen Bürgermeister, der entweder aus Überzeugung oder aus Kalkül beginnt, sich als Antimafioso darzustellen – in Fernsehinterviews, in Gesprächen in Schulen, auf Kongressen, bei Demonstrationen und auf Konferenzen. Auch wenn er seine gesamte Zeit auf diese Darstellungen verwendet und niemals die Zeit findet, sich mit den Problemen des Landes zu beschäftigen oder der Stadt, die er verwaltet... er würde sich in einem eisernen Faß befinden.« Und am Ende kommt Sciascia mit der Behauptung, daß diese Gefahr »innerhalb der Christdemokratischen Partei herumschwirrt«, zu dem Schluß: »Wer würde es denn in einem Stadtrat oder in seiner Partei wagen, einen Mißtrauensantrag gegen ihn einzubringen, eine Aktion, die ihn zur Minderheit macht und seine Absetzung herbeiführen würde? Es mag ja sein, daß sich am Ende jemand dafür findet, aber doch nur mit dem Risiko, als Mafioso gebrandmarkt zu werden, und mit ihm alle diejenigen, die seiner Haltung folgen.«

Samstag nachmittag nahm ich ein Interview für das Telejournal des 1. Programms auf, das am Sonntag vormittag ausgestrahlt wurde. In dem kleinen Wohnzimmer war der Journalist Lino Jannuzzi bei mir. Natürlich sprachen wir auch über Sciascias Äußerung. Noch ganz unter dem Eindruck dieses Artikels stehend, sagte ich: »Sciascia ist die italienische Sprache. Und ich habe den allergrößten Respekt vor der italienischen Sprache.«

Sonntag, den 11. Januar, flog ich nach Moskau. Bei mir war auch Giovanni Falcone. Während des Flugs sprachen wir über Sciascia und die Polemik, die sein Artikel ohne jeden Zweifel auslösen würde.

In unserem Gespräch zitierte ich das sizilianische Sprichwort »Wenn es regnet, strecken die Schnecken ihre Fühler aus«. Falcone lachte über diesen Vergleich. Doch Sciascias Artikel war genau das: Der Regen, der die Fühler von tausend Schnecken ermunterte, sich hervorzustrecken, die bis dahin in der Antimafia unklar und verschwommen aufgehoben waren.

Die politische Lage der Stadt begann sich zu zerfransen. Die aus fünf Parteien bestehende Koalition ging von einer Überprüfung zur nächsten. Viele waren nun der Meinung, daß ein antimafioser Bürgermeister nicht mehr vonnöten sei. Ja, man betrachtete mich als überflüssiges Hindernis.

In den ersten Monaten des Jahres 1987 veränderten ein paar Ereignisse Sitte und Kultur in Palermo. Einige Parteien, insbesondere die Sozialisten und die Radikalen, wurden ganz allmählich zu Bezugspunkten für ein Einvernehmen mit den

Seiten, die traditionell Verbrecher- und Mafiaorganisationen nahestanden.

Eine Erklärung dafür war: Die Christdemokratische Partei war in den Augen der Mafia nicht mehr ganz so vertrauenswürdig, weder was ihre Exponenten noch was ihre Botschaften anging. So fanden hinter der lautstarken Beschwörung der garantierten Rechte und der Achtung vor dem Gesetz, was ja immerhin edle Werte und Ziele sind, Interessen ihren Platz, die nichts mehr mit den zur Schau gestellten Werten zu tun hatten.

Jetzt wurde Sciascias Standpunkt in die Stadtviertel getragen. Seine Aufforderung nachzudenken, seine Forderung, sich nicht von einem Zweckoptimismus vereinnahmen zu lassen, wurden letzten Endes zu Waffen, die den Mafiosi und ihren Freunden in die Hand gegeben wurden.

Ich hatte mit Sciascia keinerlei Nachsicht. Ich glaube, daß sein Fehler in diesem Augenblick besonders schwer wog: Ein Mann wie er, ein Kenner unserer sizilianischen Wirklichkeit wie kaum ein zweiter, hätte auch voraussehen müssen, welchen Gebrauch man von seinen Worten machen würde, und einmal ausgesprochen, hätte er ihren eigentlichen Sinn erklären müssen. Indem sie ihn instrumentalisierten, haben die Sciascianer der Stadtviertel nämlich versucht, auch ihre Macht innerhalb des politischen Lebens von Palermo zu retten.

Samstag, 11. November 1989.

Ich erfuhr, daß es Sciascia sehr schlecht ging. Er hatte nur noch kurze Zeit zu leben. Ich schickte ihm einen Brief, in dem ich ihn um ein Treffen bat. Ich wollte nicht, daß zwischen uns nur das bliebe, was uns getrennt hat.

Der Schriftsteller nannte Sonntag, den 12. November, als Zeitpunkt.

Ich kam zu ihm nach Hause, im Wohnviertel hinter der Villa Sperlinga. Wie üblich war ich verspätet. Ein typisch sizilianischer Tag: grau, windig, mit einer warmen Sonne, die kommt und geht und durch die Fenster dringt. Sciascia kam mir blaß entgegen, er war sehr abgemagert, nicht wiederzuerkennen.

Er trug einen grauen Pullover, aus seinem Halsausschnitt schaute eine Krawatte hervor: ein kleines Zeichen dafür, daß er – dachte ich – diese Gelegenheit ebenfalls für wichtig hielt.

Wir setzten uns, er mit dem Rücken zum großen Fenster, hinter dem die Bäume der Villa Sperlinga wogten, ich mit einer Wehmut, die mich fast umbrachte.

»Ich bin am Ende...«, sagte er beinahe schluchzend.

Ich antwortete ihm, wie ich es in diesem Augenblick tun konnte: »Professore, es gibt das Tagesgeschäft, und es gibt die Geschichte. Im Tagesgeschäft sind wir getrennt worden, wir haben uns auf gegensätzlichen und nicht zu vereinbarenden Positionen wiedergefunden. Aber Sie sind Teil der Geschichte, und ich bringe Ihnen daher meine Zuneigung entgegen und die Wertschätzung der Stadt.«

Zwischen ihm und mir lag auf dem Tisch, der uns trennte, mein Brief vom Tag zuvor, noch geöffnet inmitten der Bücher. »Ich bin am Ende. Aber Sie auch, Herr Bürgermeister, Sie sind am Ende...«

»Professore, beruhigen Sie sich: Auch wenn ich am Ende bin, wird es deutlich werden, daß ich besiegt worden bin.«

»Aber genau das wollen Ihre Feinde ja verhindern. Sie wollen, daß Sie am Ende sind, ohne besiegt zu werden. Sie werden alles tun, daß Sie von der Bühne verschwinden, ohne daß es nach einer Niederlage aussieht.«

Ich verstand, daß er mich vor einer konkreten Gefahr warnen wollte: genau wie vor zwei Jahren, als er, auch wenn er sich im Ton vergriffen und die Instrumentalisierung nicht richtig eingeschätzt hatte, mich wahrscheinlich vor der Gefahr warnen wollte, ein Gefangener von Abwehrparaden und Worten zu werden, indem er den Ermittlungsrichter Paolo Borsellino und mich, den Bürgermeister von Palermo, »Antimafia-Profis« genannt hatte.

Wir sprachen über dieses und jenes, über die Mafia, über Mafia und Politik, über Mafia und Justiz und über die Morde an hochstehenden politischen Persönlichkeiten. Beide waren wir darüber enttäuscht, wie die Dinge im Gericht verliefen.

Seine klarsichtige pessimistische Vision wurde angesichts seines bevorstehenden Todes noch deutlicher. Und mein eifriger Optimismus zu einem Zeichen von Leben. Leben und Tod, die beiden Seiten der Sicilianità, beide untrennbar miteinander verbunden.

Wir sprachen lange miteinander, über eine Stunde.

Seine fragenden, ruhelosen, leidenden Blicke. Seine so hager gewordene, dahinschwindende Gestalt, und hinter dem Fenster das graue, volle Blätterhaupt einer wogenden Palme, die sich wehmütig über die Dächer von Palermo beugte.

In dem Wohnzimmer dieses Hauses fand die Begegnung zwischen zwei Sizilianern statt: Der eine, der die italienische Sprache verkörpert und – darin besteht seine Modernität – die traditionelle Identität der Sicilianità in die italienische Sprache übertragen hat, aber doch nur selten volles Vertrauen in die Geschichte hatte oder – was auch sizilianisch ist – so viel davon hatte, daß er seinen Pessimismus ausleben konnte. Der andere dagegen, der sich, trotz seiner selbst und der Geschichte, Mühe gibt, modern und optimistisch zu sein.

Einer saß dem anderen gegenüber.

Der eine steht vor seinem Tod, der andere steckt bis zum

Hals in den Konflikten des Lebens. Zwei Sizilianer und Europäer, die jedoch weiterhin, und zwar tief, unterschiedlicher Meinung sind.

Ich ging nachdenklich und beunruhigt von Leonardo Sciascia fort. Während dieser Begegnung blieben die jeweils unterschiedlichen Meinungen bestehen. Und doch war es uns gelungen, miteinander zu reden, und ich konnte Sciascia die Gründe für diesen Dissens erläutern, die bis dahin unnatürlicherweise Interviews überlassen worden waren.

Ich fühlte mich, als wäre ich von einer Last befreit.

Allerdings gestehe ich auch, daß ich ein bißchen böse war, denn ich bin zu dieser Begegnung in dem Bewußtsein gegangen, daß sie niemals nach Aussöhnung hätte aussehen dürfen. Sciascia und ich waren völlig anderer Meinung über die Bewertung der Geschehnisse in Palermo, und wir waren auch weiterhin anderer Meinung. Unser Dissens hatte die Stadt und auch einen Teil des Landes gespalten.

Aus diesem Grund durfte dieses sehr private Gespräch zwischen dem Bürgermeister von Palermo und dem großen Schriftsteller, der seinen Tod erwartete, mit Blick auf die Auseinandersetzung vor zwei Jahren in keiner Weise instrumentalisiert werden.

Daher wiederholte ich, als diese Begegnung dann doch bekannt geworden war, in einer Presseerklärung noch einmal die Gründe für den Dissens und stellte den Unterschied zwischen meinen Pflichten als Bürgermeister und den menschlichen Gründen gegenüber jeder Vermutung über die »politische« Bedeutung dieses Besuchs klar. Kurz: Weder Sciascia noch Orlando haben bereut.

Ich spürte die Notwendigkeit zur Kohärenz, die in meiner persönlichen Erfahrung oft wiederkehrt. Die vielen Preise, die bezahlt werden mußten, um in den Besitz des Neuen zu kommen, verlangten nach einer Kohärenz, die sich in Fleisch und Blut darstellte. Ich bin auf der Seite jenes Siziliens geblieben, die sich um die Anzeigen und um Sciascias Bücher schart. Sciascia jedoch hat sich um sich selbst geschart, was so weit ging, daß er sich sogar gegen das Sizilien gewandt hat, das er geträumt und dann hervorgebracht hatte.

Wer ist Sciascia ohne das Neue, das er hervorgebracht hat? Als ich die Wohnung des Meisters verließ, beängstigte mich diese Frage. Eine Antwort fand ich nicht. Vielleicht kann ja der Intellektuelle seine Kinder verlassen oder sie sogar töten, aber ein Bürgermeister, ein Politiker konnte und kann sich so etwas nicht erlauben.

Ich dachte mir, daß diese Frage ein Grund für Sciascias Leid sein könnte. Wer weiß. Sicher hat er die letzten Jahre sehr alleine gelebt, und so ist er auch gestorben.

Auf der Treppe erinnerte mich einer der Männer meines Begleitschutzes an einen Rat, den Sciascia mir einige Jahre zuvor öffentlich gegeben hatte, nachdem ich gerade zum Bürgermeister ernannt worden war:

»Lieber Herr Bürgermeister, vergessen Sie nicht, immer Ihre eigene Opposition zu sein«, hatte Sciascia gesagt.

Dieser Satz ist mir oft ins Gedächtnis zurückgekehrt, doch bei unserer Begegnung haben wir nicht darüber gesprochen.

Wie seltsam, dachte ich, ich werde bei meinem nächsten Besuch mit ihm darüber sprechen.

Eine Woche später war Leonardo Sciascia tot.

Zwei Monate nach seinem Tod machte ich meine Niederlage deutlich, indem ich vom Amt des Bürgermeisters von Palermo zurücktrat.

Der grosse Feind

»Wißt ihr, wer unser großer Feind ist?«

Die Kinder schauen mich mit großen Augen an, die vor Furcht und Neugier noch größer werden.

»Ich habe Nachforschungen angestellt: Unser großer Feind ist...«

Die Erwachsenen schauen besorgt zu mir herüber: noch so einer von Orlandos teuflischen Einfällen!

»... unser großer Feind ist... ist... ist... Herr Wer-zwingt-dich-denn?« Die Erwachsenen haben jetzt die Bestätigung, daß sie es mit einem meiner teuflischen Einfälle zu tun haben.

Die Kinder bleiben reglos sitzen, sie warten darauf, daß sie verstehen.

»Wenn ihr morgens nicht zur Schule gehen wollt, ihr so gerne noch im warmen Bett seid und eure Mama euch antreibt, ihr sollt euch beeilen, dann sagt der große Feind immer wieder: ›Wer zwingt dich denn, in die Schule zu gehen? Bleib noch im Bett! Da ist es viel gemütlicher.‹ Wenn nachts das Kind weint und schwitzt und Fieber hat, sagt der große Feind immer wieder zur Mama: ›Wer zwingt dich denn? Laß es schreien! Wozu aufstehen?‹ Wenn ein Polizist einen Mann sieht, der eine Gefahr darstellt und flüchtig ist, und der Polizist denkt, daß er ihn verhaften muß, sagt der große Feind immer wieder: ›Wer zwingt dich denn?‹«

Es gibt eine ungeheuer wirkungsvolle Waffe, mit der man unseren großen Feind schlagen kann: die Liebe.

Ich habe auf den Bürgersteigen und in den Gassen meiner

Heimatstadt, in den Hörsälen der Universität und in den bürgerlichen Salons gelernt, daß, wer liebt, nicht einmal des großen Feindes gewahr wird und er wiederum niemanden findet, der sich die Frage stellen läßt: »Wer zwingt dich denn?«

Wenn es in der Menschheit eine Mehrheit derer gegeben hätte, die sich fragten »Wer zwingt mich denn?«, würden wir in einer häßlichen Welt leben, ganz sicher einer häßlicheren als der gegenwärtigen.

Man kann sich ändern

Es gibt ein schlimmes sizilianisches Sprichwort, das besagt: »Wer rund geboren wird, kann nicht quadratisch sterben.«

Falsch.

Wer rund geboren wird, kann durchaus quadratisch sterben. Denn man kann sich ändern.

Das haben wir in Palermo bewiesen, einer Stadt, in der jede Veränderung unmöglich schien. Und wer Veränderungen durchsetzen wollte, war ein armseliger Provokateur.

Die Mafia hat mit ihrer Gewalt das Gewissen, die Herzen und den Verstand Tausender von Einwohnern geweckt, und Palermo hat sich verändert, und heute sagt auch nicht einer, daß, wer rund geboren wird, nicht quadratisch sterben kann. Denn Veränderungen sind möglich. Auch in Palermo, wo, dem politischen Wind Berlusconis folgend, Veränderungen eingetreten sind ... zum Schlechteren. Aber es ist eine Veränderung. Der Bann ist längst gebrochen, und morgen kann wieder eine Veränderung eintreten ... zum Besseren.

Gute Figur

Far bella figura, eine gute Figur machen, ist wichtig, sehr wichtig.

Zu glauben, eine gute Figur zu machen sei wichtig, sogar sehr wichtig, ist ein Fluch, der uns Sizilianer trifft, und vielleicht nicht nur uns Sizilianer.

Dieser Fluch ist mir vor einigen Jahren von einem einfachen Bürger erklärt worden, der zwar keinen Doktortitel trug, aber eine umfassende Bildung besaß, mit einer ausgeprägten Fähigkeit, sich zu erkennen.

Es war meine erste Wahlveranstaltung, meine politische Taufe. Meine Rede hatte ich lange vorbereitet. Und endlich war meine Stunde gekommen, auf die Rednertribüne zu steigen, mitten auf einer großen Piazza in Palermo.

Eine lange Rede, die mir glänzend vorkam.

Am Ende stieg ich wieder von der Rednerbühne hinunter, und dort, am Fuß der Treppe, stand ein Herr, der zurücktrat, um mich durchzulassen. Ich hatte ihn während der Wahlveranstaltung bereits bemerkt. Er stand da, vor der Rednertribüne, und hörte konzentriert zu.

Während meines Redebeitrags hatten sich unsere Blicke mehrfach gekreuzt.

Beinahe spontan fragte ich ihn daher: »Was halten Sie von meiner Rede? Hat sie Ihnen gefallen?«

»Mein Kompliment, Professore! Sie haben wirklich eine gute Figur gemacht, zwar viel Unsinn geredet, aber eine glänzende Figur gemacht.«

Eine glänzende Figur machen und gleichzeitig Unsinn reden? Das ist die Gefahr, der man sich in der Politik aussetzt, in Palermo. Nur in der Politik? Und nur in Palermo?

Palermo vergessen

Seit 1985 habe ich es mir zur Gewohnheit gemacht, jedes Jahr vor dem Weihnachts- und Neujahrsfest die Angestellten der Gemeindeverwaltung von Palermo ins Rathaus einzuladen, um ihnen die besten Festtagswünsche auszusprechen. Und so habe ich es auch in diesem Jahr getan. Bei mir war Giuseppe Bosco, Generalsekretär der Gemeinde, der in einer ungewöhnlichen Gleichzeitigkeit seine Stellung bei uns verließ, um Generalsekretär der Gemeinde von Rom zu werden, und zwar am selben Tag, an dem mein Rücktritt angenommen wurde.

Ich habe die Gelegenheit genutzt, um die Geschichte der letzten fünf gemeinsamen Neujahrsfeste in unserer Erinnerung vorbeiziehen zu lassen: »1985, Jahr des Argwohns. Ihr dachtet: Wer ist dieser Orlando eigentlich? Wird er es schaffen? 1986 war das Jahr der Konsolidierungen. 1987 habt auch ihr anerkennen müssen, daß eine Veränderung möglich ist. Das Neujahrsfest 1988 haben wir damit verbracht, uns nicht zu verstehen und uns zu streiten. Das war das Jahr der Gewißheiten.«

Nach dieser Begegnung ging ich in mein Büro zurück, dachte noch einmal über alle Ereignisse nach und zog eine etwas persönlichere Bilanz.

Meine Entscheidung, vom Amt des Bürgermeisters zurückzutreten, ist von Gewaltakten begleitet worden. Der erste davon war ausschließlich politischer Natur, und ich habe ihn mir selbst zugefügt, indem ich die Regeln einer Partei hingenommen habe.

Während ich noch nachdachte, klingelte das Telefon. Es war meine älteste Tochter Eleonora. Sie hatte mich noch nie im Büro angerufen, daher mußte es etwas Wichtiges sein.

»Ich habe den Auftrag für ein Plakat bekommen«, sagte sie.

Sie war gerade erst sechzehn Jahre alt, und ich wußte bis zu diesem Augenblick nicht einmal, daß sie Talent zum Zeichnen hat. Gemeinsam mit ihrer Freundin hatte sie zum Spaß ein kleines Grafiklabor eingerichtet.

»Oh! Das freut mich aber.«

»Der Auftrag kommt von der Jugendföderation der Republikaner. Darf ich annehmen?«

»Wieso fragst du mich das?« sagte ich etwas verlegen und auch erschüttert, als ich mit meiner Tochter am Telefon über etwas sprach, worüber ich aus Zeitgründen nie mit ihr gesprochen hatte.

»Ich frage dich das, weil ich doch weiß, daß einige Männer an der Spitze dieser Partei deine Feinde sind... Kann ich einen Auftrag von denen annehmen?«

»Aber sicher kannst du das. Die jungen Republikaner haben sich gegen viele führende Persönlichkeiten ihrer eigenen Partei geschart, um meinen Kampf für Recht und Gesetz und gegen die Mafia zu unterstützen.«

»Danke, Papa, vielen Dank«, und schon war der Hörer am anderen Ende aufgelegt. Für dieses Plakat hat man ihr dreißigtausend Lire gezahlt, fünfzehntausend für sie und fünfzehntausend für ihre Freundin.

Und weil ich gerade dabei war, persönliche Bilanz zu ziehen, dachte ich: Was kann sie sich eigentlich von ihrem Vater als Bürgermeister erwarten, wenn nicht einen Gewaltakt? Von mir hat sie nicht einmal eine einfache Einladung ins Kino bekommen oder zu einer Pizza, um ein bißchen miteinander zu reden. Welches Recht habe denn ich, ihr einen persönlichen

Erfolg zu »konzidieren«? In diesem Zimmer, mit der Hand noch auf dem Telefon, beschloß ich, sofort etwas zu unternehmen.

Weihnachten war die Gelegenheit.

Die Entscheidung wurde in aller Eile gefällt: Wir fahren alle fort, meine Frau, die beiden Töchter und ich.

Ein von Freunden aus Pavia zur Verfügung gestelltes Haus im Valle d'Aosta, ein paar Tage aus Palermo fliehen: 24., 25. und 26. Dezember 1989. Es war Weihnachten und eine einmalige Gelegenheit, ganz allein mit der Familie zusammenzusein. Ringsum, Tag und Nacht, beinahe als Kontrast zur Stille und Ruhe der Berge, blieben nur die Männer des Begleitschutzes.

Um Mitternacht des Stefanstags ging die Haussprechanlage. Leila antwortete, die Kleine, und in dieses warme, gemütliche Haus in den Bergen drang die Furcht ein.

»Das ist für dich, Papa.«

Vom Fenster aus sah man einen Mann, der still und steif vor der Haustüre stand, alleine. Um ihn herum keine Spur der Männer des Begleitschutzes. Und Leila mit ihrer Kinderstimme und viel Mut fragte: »Papa, Papa, was soll ich sagen?«

»Sag, daß Papa nicht da ist«, war meine Antwort.

Der Mann ging zwar fort, doch nicht der Zweifel, und Leila bot ganz keck an: »Papa, ich gehe jetzt die Kustoden suchen.«

Draußen war es kalt, und es lag Schnee. Meine Frau zog einen warmen Mantel an, und die beiden gingen hinaus. Kurz darauf kehrten sie zurück, mit den Kustoden und den Männern des Begleitschutzes. Es war ein falscher Alarm. Dieser geheimnisvolle Mann war nur der Leiter der örtlichen Christdemokraten. Er wurde »De Mità« genannt, erklärte man uns, wegen seiner bedingungslosen Treue zum Parteivorsitzenden.

Er wollte mir lediglich frohe Feiertage wünschen und mir die Hand drücken. Kaum hatte Leila wieder das Haus betreten, wurde sie gleich wieder Kind und schlief im großen Bett ein. Am Ende einer Weihnachtsnacht und einer der zahlreichen Gewalttätigkeiten, die ich, die mein Leben gegenüber meiner Tochter verübt haben.

Unter allen Bürgermeistern dieser Stadt bin ich bis heute wahrscheinlich derjenige gewesen, der vor allem als normaler Mensch in Erscheinung trat: einem Nachbarn von nebenan ähnlicher, wenn auch etwas sperriger, oder auch einem Verwandten ähnlicher als einem Politiker. Aber ... ich lebe nicht wie ein normaler Mensch.

Ich glaube, die einzige politische Vision ist die Sanftheit, doch dann gelingt es mir nur, diese Vision mit Härte und Strenge umzusetzen. Nach diesem Telefonat und dieser Weihnachtsnacht hatte ich wirklich Sorge, daß ich mich bereits in ein Marsmännchen auf dem Planeten Palermo verwandelt haben könnte.

Die Sorge ist sogar noch stärker, denn innerlich fühle ich mich noch als ganz normaler Mensch.

Der Kinderbürgermeister

»Du mußt endlich aufhören, den bozenischen Bürgermeister von Palermo zu spielen.« Seit Beginn meiner Amtszeit haben viele sprechende Grillen mir das vorgeworfen.

Sie waren besorgt über viele meiner Verhaltensweisen, die ihnen so fern waren, so unendlich fern von dem tiefverwurzelten Vorurteil über die mediterrane, städtische, palermitanische Wirklichkeit, die ich verwalten sollte.

Doch nur von außen betrachtet konnte es aussehen, als wäre ich ein Fremdkörper in Palermo. In Wirklichkeit bin ich ein palermitanischer Bürgermeister von Palermo: Von Anfang an war ich niemand anderer. Und selbst noch die Polemiken mit dem Zweiten Sekretär der Sozialisten, Claudio Martelli, waren der Beweis, daß dieser Vorwurf falsch war.

Die Palermitaner waren vor Stolz gebläht, als sie ihren Bürgermeister kämpfen sahen und erkannten, daß er gegenüber einer politischen Persönlichkeit, die aus dem fernen Norden Italiens stammte (auch wenn ich die Unterscheidung Nord-Süd argwöhnisch, ja fast beschämt verwende), typische Methoden aus dem alten Palermo verwendete. Einem Palermo, das die Palermitaner nicht mehr wollten.

Orlando? Ein eigentümliches Gemisch aus Altem und Modernem. Ein echter Palermitaner, wenn es zutrifft, daß diese Polemiken die Antwort auf meine Vorwürfe über die Mafiastimmen waren, die die Sozialisten in Palermo für sich eingesammelt hatten.

Im Bewußtsein der Bewohner dieser Stadt bin ich mit der

Zeit nicht nur als Sieger hervorgegangen, sondern auch als Palermitaner.

Vielleicht erklärt dies auch, warum jedesmal, wenn ich durch die Gassen der Stadt gehe, die sich in Märkte verwandelt haben, in Ballarò, in der Vucciria, am Capo, die Händler mich freudig begrüßen und ihre Sympathie zum Ausdruck bringen.

Auf dem Markt von Ballarò rief ein Händler einmal, als er mich sah: »Ein Gehörnter ist, wer über den Bürgermeister schlecht redet.«

Diese Begrüßung war ausgesprochen farbig und für die anderen ein Grund, mir Ehre zu erweisen, obwohl jeder weiß, daß ich kein Träger vermeintlich traditioneller historischer Werte dieser Stadt bin und weder Ansprüche noch den Ehrgeiz anmelde, eine irgendwie geartete Form von »Respekt« zu empfangen.

In diesen Gassen, an den geräuschvollen farbigen Ständen wurden die Mitglieder des Begleitschutzes gewissermaßen aufgesogen, ihre Rolle physisch von den lachenden Gesichtern der Leute dieses Viertels ersetzt. Hier und da schwebte ein häufig zu hörender Satz durch die Luft: »Hier braucht der Bürgermeister keinen Begleitschutz. Erst müssen sie uns umbringen ...«

Dies war in einem der alten Viertel von Palermo, einem Viertel, das genau die leidvolle Vergangenheit hatte, die die neue Verwaltung der Stadt zu bekämpfen und zu beseitigen beabsichtigte.

In einem anderen, von ganz normalen Menschen bewohnten Viertel der Stadt, der Vucciria, wo der Markt des Malers Renato Guttuso ist, kam ich, wie immer, begleitet von meinem Begleitschutz an. Es war Weihnachten, der letzte Arbeitstag von Dacia Valent – Polizistin in Palermo und danach Abgeordnete des Europaparlaments. In welcher anderen Stadt der Welt findet ein so rascher Rollenwechsel statt?

Trotz des sicher nicht einnehmenden Verhaltens der bewaffneten Begleitung des Bürgermeisters sprang mich eine Gruppe von Kindern, die sich durch Menschen und Waffen hindurchgedrängt hatten, förmlich an: Einer zupfte mich an der Jacke, ein anderer rief ständig meinen Namen, wieder ein anderer erinnerte mich an einen ganz bestimmten Tag: »Erinnerst du dich, Bürgermeister, als du in meine Schule gekommen bist?« Andere hielten ihr Aufgabenheft offen hin und baten: »Bitte, ein Autogramm.«

Während ich so von all dieser Aufmerksamkeit umgeben war, blickte mich eine alte, ganz in Schwarz gekleidete und für das alte Palermo typische Frau an. Ihre Augen erzählten, daß sie nichts auf der Welt gesehen hatten, das es nicht gibt, und daher beobachteten sie auch die politische Macht distanziert und sagten: »Wir haben viele Bürgermeister kommen und gehen gesehen...« Und diese alte, in Schwarz gekleidete Frau rief ganz überrascht und ganz undistanziert: »Aber das ist ja ein Kinderbürgermeister!«

Ein Satz unter so vielen Sätzen, der gleich darauf absorbiert wurde. Eine Viertelstunde später war ich bereits im Büro und führte ein Gespräch mit dem Leiter eines großen Staatsunternehmens.

Ich brauchte einige Zeit, bis ich verstand, was der Ausruf der alten Frau zu bedeuten hatte. In diesem Augenblick, in dem mir andere Gedanken durch den Kopf gingen, war ich überzeugt, daß sie lediglich eine bunte Fotoaufnahme von einer bestimmten Situation gemacht hatte: Orlando auf der Vucciria, umgeben von Kindern. Vielleicht, dachte ich, liegt in ihrem Satz aber auch ein Gran bitterer Ironie: Seht ihn euch an, es ist, als würde er Jesus Christus spielen!

Zwei Welten

An einem herbstgrauen Tag begegnete ich einer jungen Managerin. Gleich stellte sie mir eine Menge Fragen wie: »Was machst du eigentlich? Was ist dein Programm? Hast du Angst? Und wie hältst du dem allen stand? Was sagt deine Frau zu deinem Engagement?«

Diese Fragen stellte sie mir mit der typischen Distanziertheit derer, die sich nicht auf meine Seite geschart haben, aber dennoch jeden meiner Schritte mit großer Aufmerksamkeit verfolgen. Vielleicht, um später ihren Freundinnen im Salon davon zu erzählen.

Auf ihre Fragen antwortete ich ein bißchen zerfahren.

»Oft kommen zahlreiche palermitanische Unternehmer zum Abendessen zu mir. Und jedesmal spricht man über dich und deinen Gemeindeausschuß«, begann sie dann.

Ich muß einräumen, ich habe noch nie große Popularität in diesen Kreisen genossen. Die junge Managerin bestätigte dann auch: »Über dich spricht man immer, und immer schlecht. Man betrachtet dich als einen Freund der Feinde, einen Freund der Unternehmer aus dem Norden, du bist für sie so etwas wie ein Mensch von einem anderen Planeten, zumal auch kein einziger von ihnen sagen kann: Orlando ist ein Freund von diesem oder jenem Unternehmer...«

»Was werfen sie mir eigentlich vor?« fragte ich.

»Daß du hochmütig bist, gern im Ausland bist und keine Schmiergelder nimmst! Wer glaubst du eigentlich zu sein? Das fragen sie sich.«

Dann, beinahe so, als versuchte sie zu korrigieren, was sie möglicherweise für einen Ausbruch an Offenheit und Aufrichtigkeit hielt, erzählte sie: »Weißt du, jedesmal, wenn bei mir zu Hause schlecht über dich geredet wird, kommt mein Jüngster ins Wohnzimmer und schreit deine Gründe und Standpunkte heraus. Er verteidigt dich.«

Nun ließ sie sich ein bißchen von ihrer Geschichte leiten und beschrieb ihren Sohn, diesen kleinen Star in Palermo, der erschöpft auf dem Sofa einschlief, nachdem er bis zum letzten Augenblick die Standpunkte des Bürgermeisters Orlando verteidigt hatte. Ihr Sohn war elf Jahre alt und hatte mich im Verlauf einer Demonstration in seiner Schule erlebt.

»Er bewahrt ein Buch mit deiner Widmung wie eine Reliquie auf«, fuhr sie nachdenklich fort und blickte mich forschend an.

Und in einem leicht feierlichen Ton sagte sie schließlich: »Ich sage dir etwas. Mein Bürgermeister kannst du nicht mehr sein. Dazu ist es zu spät. Aber du bist bereits der Bürgermeister meines Sohnes.«

Ihr Sohn, noch ein Kind. Und die andere, die alte Frau in Schwarz: Der Bürgermeister der Kinder.

In der Regierung Berlusconi arbeitet die damals junge, heute nicht mehr ganz so junge Frau im Sekretariat eines Ministers der Forza Italia. Der Sohn versichert mir immer wieder, daß er zu mir steht. Und er kümmert sich mit großer Professionalität und Liebe um meine Homepage.

Der Wahn der Zugehörigkeit

Die Politik ebenso wie die Wirtschaft oder die Kultur, mit einem Wort: das Leben setzt sich dem Risiko einer Krankheit aus, nämlich der des allgemeinen Zugehörigkeitswahns.

Liebe und Haß, Gutes und Böses, das Zulässige und das Unzulässige, sogar das Angemessene und das Unangemessene sind oftmals auf der Grundlage einer allgemeinen Zugehörigkeit konstruiert.

Wenn du zu meiner Pfarrei, meiner Richtung, meinem Clan, meiner Partei gehörst, ist das, was du tust, per definitionem voller Liebe, gerecht, zulässig und angemessen.

Wenn du nicht dazugehörst, ist das, was du tust, per definitionem voller Haß, ungerecht, unzulässig und unangemessen.

Wenn sich diese Zugehörigkeitsbindung zeigt, negiert sich die Politik selbst, weil sie sich dann nicht mehr dem eigentlichen Problem stellt.

Wenn ich in diesem Augenblick behaupte, draußen schneit es, und mein Gesprächspartner mir sagt, daß es in diesem Augenblick draußen nicht schneit, gehen wir, wenn wir zwei normale Menschen sind, ans Fenster, um unsere Aussagen zu überprüfen. Sind wir aber vom Zugehörigkeitswahn befallen, bleiben wir beide sitzen und versuchen, uns gegenseitig aus unserer jeweiligen Zugehörigkeit hinauszuwerfen. Und der hinausgeworfene Dissident baut sich seine Unter-Zugehörigkeit, Unter-Pfarrei, Unter-Richtung, Unter-Clan, Unter-Partei, etwa in der Art der chinesischen Schachteln oder der russischen Matroschkas.

Auf diese Weise entfernt sich die Politik von den Menschen.

Moderne Politik kann man wie zwei junge Leute sehen, die für den Frieden und gegen den Krieg, für das Leben und gegen den Tod marschieren, ohne daß der eine den anderen fragt »Wer ist dein Vater?« und der andere den einen fragt »Mit wem gehst du heute abend essen?«. Sie müssen einen Teil des Weges gemeinsam gehen, und sie tun das. Wenn wir versuchen wollen zu verstehen, wo die eigentlichen Probleme zukünftiger Politik liegen, müssen wir nur unsere Nachbarn und unsere Kinder zusammenrufen. Wir müssen nicht in die Ferne schweifen. Und gar nicht abzusehen das Unglück, wenn man sich an einen Parteisekretär wendet oder an ein führendes Mitglied. Versuchen wir doch einfach, einen Nachbarn zu fragen, um zu verstehen, wohin wir uns bewegen.

Das habe ich sogar vor kurzem innerhalb meiner Familie erfahren. Wenn ich einmal Gelegenheit habe, mit meiner Tochter zu sprechen –, und diese Gelegenheit bietet sich leider nicht sehr oft – und ich sie frage, was sie heute abend macht, antwortet sie mir »Ich gehe weg.« Dann frage ich sie »Mit wem?« Und sie antwortet mir »Mit Giovanni und Maria«. Und weil ich ein bißchen altmodisch bin – natürlich versuche ich, mich auch hierin zu bessern –, frage ich »Mit welchem Giovanni? Und welcher Maria?«

Sie versteht den Sinn meiner Frage und antwortet »Mit Giovanni Giovanni und Maria Maria«, schlägt die Türe zu und geht. Und sie hat recht, denn sie spürt in meiner Frage den Hintergedanken nach Zugehörigkeit.

Frage ich sie »Ist Giovanni eigentlich groß?«, antwortet sie mir. Frage ich sie »Ist Maria eigentlich gebildet?«, antwortet sie mir. Doch wenn ich sie frage »Welcher Giovanni? Welche Maria?«, antwortet sie mir, indem sie die Türe zuschlägt und geht.

Ich plädiere dafür, daß wir diesen allgemeinen Wahn der Zugehörigkeit überwinden. Er ist eine starke Einschränkung der Politik, die das Reden, den Dialog, die Diskussion miteinander verhindert und die Politik in vielen Ländern in ein Zeltlager verwandelt hat, in dem jeder in seinem eigenen Zelt hockt, jeder nur darauf aufmerksam ist, was in seinem Zelt passiert.

Und dabei haben wir doch in diesen Jahren entdeckt, daß sich das Leben zwischen den Zelten abspielt, zwischen den Zelten finden wir Drogenabhängige, an Aids Erkrankte, lediglich die Repräsentanz politischer Bewegungen, die neuen Berufe, die neuen Unternehmer. Aber man darf die Repräsentanz nicht ausschließlich den politischen Bewegungen überlassen. Moderne Bedürfnisse sind grundlegend neuer Art, sie sind eine Herausforderung an alle. Politische Bewegungen alleine sind diesen Herausforderungen nicht gewachsen. Es ist wichtig, daß die Zelte niedergerissen werden.

Man sollte einmal den Versuch unternehmen und einem Drogenabhängigen sagen, seine Interessen oder seine Bedürfnisse in einem dieser Zelte der am Zugehörigkeitswahn erkrankten Parteien geltend zu machen. Er würde ja nicht einmal hineingelassen, er würde nicht einmal angehört, und wenn er ans falsche Zelt klopft, läuft er sogar Gefahr, eingesperrt zu werden.

Es rede also keiner von der Aufmerksamkeit auf die neuen Bedürfnisse.

Was haben wir in Palermo getan, unter dem Zwang der Gewalt der Mafia?

Genau das. Das ist möglicherweise kein Exportmodell, aber doch etwas, das anstecken könnte.

Wir haben einige Parteien zusammengeführt, die traditionell in ihren Zelten verbleiben, ebenso einige Bewegungen, die traditionell eher auf der Straße leben. Wir haben sie nicht zusammengeführt, um einen Kongreß zu veranstalten, auch keinen runden Tisch, sondern um eine der schwierigsten Städte in diesem Land zu verwalten.

Und es ist uns gelungen. Die Menschen haben die Bewegungen verstanden, die Bewegungen haben versucht, immer stärker im Rathaus vertreten zu sein, das Rathaus hat seinerseits versucht, immer stärker auf der Straße zu sein.

Dies ist nötig: Gewohnheiten zu durchbrechen, uns zu fragen, ob unsere traditionellen Zelte überhaupt noch einen Nutzen haben, wenn sie so bleiben, wie sie sind, um die Bedürfnisse der Menschen zu deuten.

Um das zu tun, bedarf es des sehr klaren Bewußtseins, daß ein großes Zukunftsprojekt immer auch durch die Normalität gehen muß. Die Zukunft gehört den Normalen.

Und die Menschen haben ein großes Bedürfnis nach Normalität.

Meine Tätigkeit als Politiker bringt mich mit unglaublichen Menschen zusammen, die schreckliche Probleme bewältigen müssen. Wenn sie mein Zimmer betreten, beginnen sie nicht gleich mit ihren Problemen, sondern fragen mich: »Signor Bürgermeister, haben Sie gut geschlafen? Wie geht es Ihnen?« Das tun sie, weil ich für sie auch weiterhin noch ein normaler Mensch bin. Wenn wir anfangen zu denken, daß die Normalität die Voraussetzung für eine Veränderung ist, würde sich in vielen Ländern wahrscheinlich sehr vieles ändern.

Erst wenn man als Bürgermeister den Versuch macht, sich wie ein normaler Politiker zu geben – was sich wie ein Widerspruch in sich selbst anhört: »Sagen Sie, sind Sie ein normaler Mensch?« – »Nein, wissen Sie, ich bin Politiker«, so als gehörte man zu einer anderen Rasse, einer anderen Spezies, einer anderen Kategorie –, erst wenn man den Versuch macht, die Gefühle und Bedürfnisse seiner Nachbarin auszusprechen, wissen Sie, was man dann entdeckt? Daß man zu einem Politiker wird, der mit einem Risiko behaftet ist.

Ich lebe in einem Land, in dem es ein paar archaische Normen gibt. Darunter gibt es eine besonders archaische, nämlich die, die bestimmt, daß der Staatspräsident nach Ablauf seiner Amtszeit Senator auf Lebenszeit wird.

Warum das? Warum geht er nicht nach Hause?

Wir sind das einzige zivilisierte demokratische Land, in dem ein Staatspräsident Senator auf Lebenszeit wird.

Die Botschaft, die uns die Konstitution und der Quirinal, der Amtssitz des Staatspräsidenten, vermittelt, ist archaisch: Aus der Politik scheidet man erst mit dem Tod aus, und diese Botschaft ist schrecklich und völlig unzeitgemäß.

Oft ist es nicht leicht, die Vereinigten Staaten als Vorbild zu zitieren, doch darin sind sie ein Vorbild. Von den zahlreichen noch lebenden Expräsidenten lebt keiner in Washington, alle sind heimgekehrt, um ein ganz normales Leben zu führen, keiner von ihnen spielt eine aktive politische Rolle.

Bei uns dagegen wohnt der Cousin des durchgefallenen Parlamentsabgeordneten in Rom und besteht auf einer politischen Anstellung!

Haben wir uns eigentlich je gefragt, worin die Trennung zwischen dem legalen und dem realen Staat besteht?

Mit Bestimmtheit auch in dieser Trennung.

Die Huren von Havanna

Paseo del Prado. Baumbestandene Allee in La Habana Vieja.

Ich gehe mit Roberto spazieren. Zwei Mädchen kommen auf uns zu, wunderschön in ihrem jugendlichen Alter und ihrer wohlerzogenen Armut, und bieten sich an.

Wir fühlen uns belästigt, sind erstaunt, verlegen: »Nein, danke.«

Tiefer als die Worte und Bilder bleibt ein großes Unbehagen in uns.

Sonntag, ein feuchter Frühnachmittag. Café Paris. September, Tag 29, Jahr 2002.

Ich gehe hinein.

Eine kleine Band verbreitet Lebensfreude, der Sänger hat verflixt feuchte Augen und ist umgeben von den verflixt kalten Blicken des Gitarristen und des Schlagzeugers. Er dirigiert und wechselt ein paar Handbewegungen eines Bandleaders mit ein paar Sprüchen an die Touristen ab. Die sitzen an den Tischen. Ein Herr mit feuchten kalten Augen.

Ich finde Platz an einem dunklen Holztisch, unter einem trägen Ventilator, genau gegenüber dem Tresen der Bar.

Ein alter Herr kommt und geht, bleibt gelegentlich vor der Kasse stehen. Er ist kein Kellner, er ist ein Kunde, der kein Getränk bestellt.

Ich zünde mir eine Zigarre an, trinke einen Kaffee, hole mir vom Nachbartisch einen Aschenbecher, während ein stiller Kellner mit einem Tuch saubermacht und die Reste eines verzehrten Brötchens und einer Cerveza wegwischt, zu denen noch ein weiteres Brötchen und eine weitere Cerveza gekommen waren.

Ein Mädchen vor dem Tresen ist im Augengespräch, ganz wortlos, mit dem alten Herrn, der nichts trinkt und vor der Kasse steht.

Ein wunderschönes, elegantes kreolisches Geschöpf. Der Bauchnabel ist durch ein viel zu kurzes T-shirt frei gelassen.

Sie blickt mich an, ich blicke sie an, ohne sie anzublicken. Sie kommt zu mir, sie bittet mich, ihre Zigarette anzuzünden. Sie kehrt zum Tresen zurück.

Noch einmal ein Blickwechsel, ein stummes Gespräch mit dem alten Herrn.

Sie kommt an meinen Tisch zurück.

Während sie herkommt, denke ich daran, was sie mir diesmal sagen wird.

»Du hast eine wunderschöne Uhr.«

»Nimm einen Kaffee.«

Sie setzt sich und haucht: »Danke.«

In mir das gesamte Unbehagen von Paseo del Prado. Baumbestandene Allee in La Habana Vieja.

»Ich bin Psychologin. Seit einem Jahr arbeite ich nicht. Ich habe fünf Dollar im Monat verdient. Kommst du mit mir?«

»Ich kaufe nicht, ich habe noch nie einen Körper gekauft.«

»Aber ich verkaufe doch nicht, ich habe noch nie meinen Körper verkauft. Aber ich brauche Geld. Um einen Kühlschrank zu kaufen.«

Ich habe noch nie einen Händler von solcher Würde gesehen.

»Wie heißt du?«

»Dol«, und sofort verbessert sie mit viel Stolz, »von Dolores, nicht von Dolly!«

Sie redet und redet und redet... über alles, von allem.

»Deine Mutter ist gestorben. Dein Vater wird innerhalb von zwei Wochen sterben.«

»Woher weißt du, daß meine Mutter gestorben ist? Was weißt du über meinen Vater? Wir begegnen uns zum ersten Mal, und du weißt doch gar nicht, wer ich bin.«

Ich versuche, mich zu schützen.

Sie beharrt. »Es ist so.«

Meine Mutter ist vor zwei Monaten gestorben. Mein Vater wird am Sonntag, den 13. Oktober sterben. Genau zwei Wochen später.

Ich bin ganz fasziniert: In einem völlig natürlichen, zwischen Revolution und Elend, Stolz und Embargo sich bewegenden Zwischensatz teilt sie mir mit, daß für zehn Dollar ein Zimmer gleich um die Ecke auf uns wartet.

»Noch einen Kaffee?« fragt der Kellner.

»Nein, danke«, antworten wir gleichzeitig.

Ich verabschiede mich und küsse ihr die Hand. Während ich weggehe, betrachtet sie mich erstaunt.

Palermo und Havanna – Kuba und Sizilien.

Zwei große Geschichten mit großen Widersprüchen.

Dollars und Kubanische Pesos. Kollektivismus und freier Markt. Träume und Wut. Lust an der Revolte – zwei bedeutende Revolutionen: die eine gegen das Regime des Diktators Batista, die andere gegen das Regime der Mafia – und Konformismus, viel Konformismus und ganz ohne Lust.

Ein gemeinsamer, tiefer Abscheu, erstickt vom alltäglichen Leben, von einem ewigen Jetzt, das die Vergangenheit verdrängt und der Zukunft keinen Raum geben will.

Ein gemeinsamer, tiefer Abscheu vor denen, die voller Niedertracht in ihren eleganten Salons in Europa sitzen und die kubanische Revolution verachten und mit Dollars kleine Mädchen mißbrauchen, die ihren Körper nicht verkaufen, sondern Not leiden. Und für die Niederträchtigen in unserem Land, die mit schmutzigem Geld das sizilianische Volk mißbrauchen, das zwischen kulturellem Reichtum und Bildungsmisere eingeschnürt ist.

Ob das je endet? Dieses schmutzige, widerliche Zusammenleben von Ausbeutung und Mafia muß ein Ende haben.

Palermo und Havanna – Kuba und Sizilien.

Wie gerne würde ich die Worte finden, um zu sagen, was ich fühle!

Wenn doch nur Fabrizio De André da wäre!

Rosalia

Endlich treffe ich Sie, ich bin schon seit drei Jahren hinter Ihnen her«, sagte Massimo Scuderi, der Regisseur aus Catania, in der Stille meines Arbeitszimmers in der Villa Virginia. »Darf ich Sie bitten, in einem Film von mir mitzuspielen, in einem Film über die heilige Rosalia, der Schutzpatronin von Palermo?«

Ein Film über die heilige Rosalia? Wen sollte das interessieren? Und ich, als Schauspieler? In einem Film über die heilige Rosalia, wo ich schon seit Jahren bemüht bin, die gesellschaftliche Rolle des heiligen Benedikt des Schwarzen zu propagieren, eines schwarzen Heiligen aus dem 16. Jahrhundert.

Scuderi erzählte mir über seinen Film.

Den Film stelle er sich vor als eine Geschichte über Heilige, über das Gebet, über Hingabe und Eremitendasein.

Das interessiert keinen Menschen, war meine Überzeugung, und der Film dient weder Heiligen noch Eremiten.

Aber Scuderi bestand auf seiner Geschichte.

»Wer spielt die Rolle der heiligen Rosalia?« fragte ich, um Zeit für die Gründe meiner bereits feststehenden Absage zu gewinnen.

»Eine Blonde, die heilige Rosalia muß im Film eine Blonde sein, so wie sie wohl auch im wirklichen Leben blond war!« war das Urteil des Regisseurs.

»Was sagen Sie denn da? Die heilige Rosalia blond? Wer hat Ihnen denn das gesagt?« hielt ich dagegen.

»War sie etwa brünett?« fragte mich der Regisseur schüchtern.

»Wer weiß das schon?« antworte ich unverzüglich.

Tja, wer weiß das schon.

Also, man stelle sich einmal vor: Zwei Brüder aus Palermo, die die Heilige verehren, gehen mit ihren Töchtern aus dem Haus, um am »Festino«, dem kleinen Fest, teilzunehmen, wie die Palermitaner das Fest von gigantischen Ausmaßen zu Ehren der Heiligen völlig untertreibend nennen. Einer begleitet seine kleine Tochter im Festtagskleid und mit einem Kranz aus Rosen auf dem Kopf, und sie ist blond. Denn die heilige Rosalia war blond. Kein Zweifel.

Der andere nimmt seine kleine Tochter an der Hand, ebenfalls im Festtagskleid und einem Kranz aus Rosen auf dem Kopf, und sie ist brünett. Denn die heilige Rosalia war brünett. Kein Zweifel.

Ja, war die Heilige nun blond oder brünett?

Die heilige Rosalia war das, was die Palermitaner jedes Jahr bei Gelegenheit des »Festino« entscheiden.

Und noch heute hat jeder Palermitaner »seine« heilige Rosalia, ebenso doppelsinnig wie vielgestaltig, sie ist ein wirklicher Spiegel der Bevölkerung von Palermo.

Die heilige Rosalia blond? Das ist nicht meine Partei. Ich stand auf der anderen Seite, auf der Seite der heiligen Rosalia brünett.

Und als wäre das noch nicht genug, schlug Massimo Scuderi für die Rolle der heiligen Rosalia eine blonde Schauspielerin vierten Ranges aus einem Fernsehkabarett vor.

Meine Ratlosigkeit über das Projekt wurde immer größer, mein Mißtrauen gegenüber dem Regisseur ebenfalls. Doch mit meiner Ratlosigkeit und meinem Mißtrauen wuchs auch mein Interesse an dem Projekt.

»Zuviel Beweihräucherung, zu viele Gebete«, fand ich beim Lesen des Drehbuchs. Heilige sind keine Menschen von einem anderen Stern. Heilige sind ganz normale Menschen, außergewöhnlich zwar, aber doch normal. Und außerdem sind die Heiligen ein Vorwand der katholischen Kirche, um einen Wert zu bewahren, um eine Botschaft auszusenden.

Heilige, dachte ich im stillen, sind zum Glück viel zahlreicher, als von der Kirche anerkannt.

Ich dachte weiter nach, während Massimo Scuderi nach Argumenten suchte, um mich zu überzeugen.

Sicher, dachte ich, während ich die Stimme des Regisseurs wahrnahm, ihm aber nicht zuhörte, Jesus Christus hätte sich auch geopfert, wenn er nur eine einzige Seele hätte retten können. Doch wenige tausend von der Kirche anerkannte Heilige sind ein ziemlich bescheidenes Ergebnis für das Opfer des Sohn Gottes. Ich kenne viele ganz normale Menschen, die, dessen bin ich sicher, Heilige sind, aber niemals die offizielle Anerkennung der Heiligen Römischen Kirche haben werden. Die Anerkennung der Heiligkeit wird nämlich von der Kirche als Vorwand benutzt, um über die Natur, über die Armut zu sprechen (Franziskus wird der heilige Franziskus), um zu den Regierenden zu sprechen (Louis von Orléans wird zum heiligen Ludwig der Franzosen), um zu den Schwarzen zu sprechen (Benedikt, der afrikanische Eremit auf Sizilien, wird der heilige Benedikt der Schwarze)...

Eines ist gewiß: Außergewöhnlich normale Menschen verlieren gleich nach ihrer Anerkennung durch die Kirche Kundschaft. Wie würde wohl die Wirkung von Martin Luther King oder von Mahatma Gandhi (und beide waren außergewöhnlich normal) verpuffen und der Wert ihrer Leistung sich mindern, wenn die Katholische Kirche sie zu Heiligen machen würde!

Wenn die Heiligen ein Vorwand sind, dann ist die heilige Rosalia ein doppelter Vorwand.

Zu Lebzeiten war sie unbekannt. Und das blieb sie für fast weitere fünfhundert Jahre, bis 1624, als der Kardinal Giannettino Doria und der Senat von Palermo es für nützlich und sinnvoll erachteten, sie einzusetzen, um eine Botschaft der Hoffnung und des Lebens an eine Stadt hinauszusenden, die unter dem Joch der Pest niedergebeugt war.

Wenn es so ist, warum dann Rosalia als heilige Rosalia darstellen? Ist es nicht respektvoller, von Rosalia, einem außergewöhnlich normalen Mädchen, zu sprechen, das im 12. Jahrhundert Liebe zur Freiheit bezeugte und eine entsprechende Entscheidung traf? Welche andere Möglichkeit hatte denn ein außergewöhnlich normales Mädchen aus Palermo im 12. Jahrhundert, im Grunde genommen frei, den Ehebund mit dem von ihren Eltern ausgewählten jungen Mann abzulehnen? Wie konnte ein solches junges Mädchen seine Freiheit leben?

Zu der Zeit gab es weder Schüleraustauschprogramme zwischen den europäischen Staaten, noch gab es Erasmus- oder Leonardo-Stipendien, es war nicht üblich, daß ein junges Mädchen in die Fremde ging, um sich einer aufgezwungenen Heirat zu entziehen. Also war nur eine Einsiedelei der einzig mögliche, der einzig »statthafte« Ort, seine Freiheit zu leben.

Der Regisseur erzählte weiter.

Dann unterbrach ich ihn und überschüttete ihn mit allen meinen Gedanken, mit dem Fluß meiner Sprachlosigkeit.

Er zuckte mit keiner Wimper. Sein verstörter Blick war ein Anzeichen dafür, daß er umzudenken begann.

So entstand ein neues Drehbuch für den Film, besser gesagt: So entstand das Drehbuch für einen neuen Film, für einen anderen Film. Kein Film mehr über die heilige Rosalia, sondern ein Film über Rosalia.

Der 7. Juni ist der Nationalfeiertag der Russischen Föderation. Seit Jahren nahm ich an diesem Festtag teil, sei es in Rußland, sei es in der Russischen Botschaft in Rom. Am 6. Juni jenes Jahres war ich in Madrid, für die spanische Premiere eines deutschen Films, in dem ich die Rolle eines Uhrmachers spielte.

In aller Frühe am 7. Juni flog ich nach Rom und begab mich geradewegs zum Park der herrlichen Residenz des Botschafters der Russischen Föderation.

Der russische Botschafter, der feingeistige Intellektuelle Spaskij, empfing mich. Ich trank etwas, plötzlich blieb das Glas zwischen Hand und Mund stehen. Auf dem Rasen dieser herrlichen Villa sah ich ... Rosalia.

Das war sie. Ein junges Mädchen, selbstverständlich brünett, ging dort spazieren.

Was sollte ich nur tun? Ich fühlte mich lächerlich. Ich konnte meinem Gesprächspartner, einem Schweizer Diplomaten, doch nicht sagen, daß ich ihn leider stehenlassen müsse, um unter dem Vorwand der heiligen Rosalia ein junges, schönes, mir völlig unbekanntes brünettes Mädchen anzusprechen.

Ich streifte weiter durch den Park, wechselte meine Gesprächspartner und verfolgte aus den Augenwinkeln meine Rosalia in der Hoffnung, daß sie nicht verschwände.

Ich sprach gerade mit der Fürstin Irina Strozzi, einer russischen Adeligen, verheiratet mit einem Adeligen aus toskanischem Geschlecht. Strozzi Guicciardini. Welche Namen! Und während ich mit der Fürstin sprach, sah ich aus meinen Augenwinkeln, daß meine Rosalia auf uns zukam.

»Meine Tochter Natalia«, sagte Fürstin Irina und stellte mich dem brünetten jungen Mädchen vor.

»Deine Tochter?« fragte ich erstaunt.

»Meine Tochter«, antwortete Irina erstaunt über mein Erstaunen.

»Was hattest du mir doch gleich noch gesagt?« fragte mich Fürstin Irina.

»Ich sagte... ich sagte...« Ich versuchte, den unterbrochenen Faden unseres Gesprächs wiederzufinden. »Ich sagte, daß ich gestern noch in Madrid war, und zwar für die spanische Premiere meines deutschen Films...«

»Auch Natalia, meine Tochter, ist Schauspielerin im Ausland.«

Das war's. Ich hatte meine Rosalia gefunden.

Es war Nachmittag. Es war Winter. Ein ungewöhnlich kalter Winter. Ich war bei Vincenzo La Scola, dem berühmten Tenor, der sowohl wegen seiner Begabung wie seines Alters als Nachfolger von Carreras, Domingo und Pavarotti gilt.

Bei uns war auch Marco Betta, ein äußerst feinsinniger Intellektueller.

Wir waren zusammengekommen, um eine Kanzone über Rosalia zu komponieren.

Eine Note auf dem Klavier, ein geschriebenes und gleich wieder durchgestrichenes Wort auf einem Notizblock, ein leises Andeuten einer Arie...

Durch das Fenster sah ich die Kirche San Pietro e Paolo. Es war Samstag nachmittag, die Stunde der Vesper. Ein stilles Kommen und Gehen alter Frauen.

Im Kopf Text und Musik.

Rosalia, Rosalia.

Ich schenkte dir das Leben, dein ist's, doch mir gehört's.

Padre Padrone. Freiheit. Kindesliebe und väterliche Autorität. Einsiedelei und Freiheit. Leben und Tod.

So entstand im Haus des großen Tenors das Pilgerlied über ein großes außergewöhnlich normales Mädchen, das die Kirche als Heilige bezeichnete, wir aber einfach Rosalia nannten.

Rosalia, Rosalia

La vita che ti ho dato
è tua ma mi appartiene
tuo padre sono io
ed ora ti comando
»tu sposerai colui
che ti farà felice«
e il cuore mio si esalta
in questa immensa gioia

Ritornello...

Nel mio voler si annulli
il tuo disegno folle
nell'eremo si spegne
l'amore di tuo padre
nell'eremo finisce
il sogno di tua madre
nell'eremo sei sola
e Dio non ti accompagna

Ritornello...

La peste non perdona
Palermo è maledetta!
il seme del maligno
assale i nostri corpi
portando nelle case
la triste verità
le lacrime son fiumi
di umanità distrutta

Rosalia, Rosalia

Ich schenkte dir das Leben
dein ist's doch mir gehört es
dein Vater bin ich dein Vater
und jetzt hör meinen Willen
»dem Mann vermählst du dich
der dir das volle Glück schenkt«
mein Herz frohlockt vor Jubel
in dieser großen Freude

Ritornell...

In meinem Willen zerstört sich
dein wahnsinniger Plan
in kalter Felsengrotte erstirbt
die Liebe deines Vaters
in kalter Felsengrotte zerfällt
der Wunschtraum deiner Mutter
in kalter Felsengrotte bist du allein
und Gott ist nicht bei dir

Ritornell...

Die Pest übt keine Nachsicht
Palermo ist verflucht
das Samenkorn des Bösen
dringt ein in unsere Leiber
und trägt in unsere Häuser
die traurig schaurige Kunde
Tränen schwellen zu Strömen
zerstörter Menschen an

le vite son birilli
i volti solo smorfie
dal monte scende a valle
il volto tuo, bambina

Ritornello...

Il volto tuo, bambina
si mostra finalmente
e il cuore di Palermo
esulta in santità
nell'eremo eri sola
ma Dio non ti ha lasciato
io padre tuo ho sbagliato
l'amore mi perdona
Palermo è benedetta

Ritornello...

Rosalia, Rosalia
il tuo amore mi perdona
le mie lacrime son fiumi
di un'umanità distrutta
dal tuo monte scendi
a valle
e Palermo si risveglia
col tuo volto di bambina

Ripete

Menschenleben sind Stümpfe
Gesichter nur Grimassen
vom Berge steigt hernieder
dein Angesicht mein Kind

Ritornell...

Dein Angesicht mein Kind
es zeigt sich doch am End'
die Herzen von Palermo
frohlocken in Heiligkeit
in kalter Felsengrotte warst du allein
doch Gott verließ dich nie
dein Vater ich, ich hab' geirrt
die Lieb' wird mir verzeihen
Palermo ist gesegnet

Ritornell...

Rosalia, Rosalia
deine Lieb' verzeihet mir
mein Tränenfluß sind Ströme
einer zerstörten Menschheit
von deinem Berge steig
hernieder
und Palermo erwachet wieder
in deinem Kinderantlitz

Wiederholen

Fidel Castro grüsst Johannes Paul II.

Fidel Castro kommt nach Palermo. Dieser Plan ist geheim. Ein privater Besuch auf dem Weg von Havanna nach Rom, vor seiner Teilnahme am Kongreß der Welternährungsorganisation FAO und vor der ersten Begegnung zwischen Präsident Castro und Papst Johannes Paul II. in Rom.

Der Plan kommt nicht zustande: Ein Orkan hält den Kommandanten auf Kuba fest, und so entfällt der Zwischenaufenthalt auf Sizilien.

Schade! Palermo hatte sich auf eine Städtepartnerschaft mit Santiago de Cuba vorbereitet, der Geburtsstadt des kubanischen Präsidenten.

Das Treffen wird nach Rom verlegt, Montag nachmittag ins Hotel Sheraton.

Ein unvergeßlicher Nachmittag. Hunderte italienischer Kommunisten grüßen begeistert den Leader Maximo. Unter den Gästen ist der am herzlichsten begrüßte ein Franziskanermönch, der Guardian der Basilika und des Konvents von Assisi.

Fidel Castro redet und redet und redet... Wir alle sind von diesem Kubaner fasziniert, von einem Leader, der mir immer kubanischer vorkommt. Nach dem Fall der Berliner Mauer kommt es mir vor, als würde er immer mehr die Züge eines Staatsmanns annehmen, der auf seine kulturelle Identität stolz ist und immer mehr die Züge eines Kommunisten verliert. Hoffentlich mißachtet er nicht die Rechte seiner Landsleute, unter dem Vorwand des sinnlosen amerikanischen Embargos.

Das ist eigentlich der Eindruck eines Kommunisten, der einen Kommunisten als Leader betrachtet. Der Eindruck mag durchaus falsch sein, aber ich habe ihn. Nach der Begegnung mit der Öffentlichkeit gehen wir mit Gianni Minà, dem bemerkenswerten Journalisten und großen Freund Kubas, ins Schlafzimmer des Kommandanten. Mein italienischer Begleitschutz wird außen vor gelassen.

»Hier, bei mir und bei meinem kubanischen Begleitschutz, bist du in Sicherheit.«

Fidel Castro spricht über die Piazza Pretoria, über die Denkmäler in Palermo: Er hat sich auf den geplanten und dann doch nicht zustande gekommenen Besuch vorbereitet.

»Morgen treffe ich mit dem Papst zusammen. Du bist Katholik: Wie begrüßt man den Papst?« fragt Castro.

»Ich küsse seinen Ring«, antworte ich.

»Ich bin der Kommandant Castro! Ich küsse nicht den Ring des Papstes. Ich werde ihm die Hand geben.«

»Nein, das ist zu kalt. Ein Händedruck ist eine herzliche Geste gegenüber allen. Vor dem Papst wirkt das als Gruß kalt, es würde den Unterschied zu denen, die seinen Ring küssen, deutlich herausstellen. Warum nicht eine Umarmung?«

»Vor oder am Ende der Begegnung?« fragt er und fährt sich über seinen Leader- und Prophetenbart.

»Wo du ihm nun schon einmal begegnest, tu es vorher und nachher«, antworte ich im Gedanken an die Bedeutung des Ereignisses.

»Nein. Ich gebe ihm die Hand.«

»Nein, nein. Warum gibst du ihm nicht die Hand mit beiden Händen. Das kommt mir herzlicher vor«, beharre ich.

»Na, sehen wir mal«, sagt der Präsident.

Und am Dienstag übertragen die Fernsehstationen in aller Welt die Bilder dieser historischen Begegnung. Fidel Castro drückt mit beiden Händen die beringte Hand des Heiligen Vaters.

Eine Begegnung, die die Geschichte der Beziehungen zwischen der kubanischen Regierung und dem Heiligen Stuhl verändert hat.

Und ich bin ein bißchen stolz darauf, meinen Beitrag zu dieser Geschichte beigesteuert zu haben. Übertreibe ich jetzt etwa?

Meinen Beitrag zu einem Gruß. Damit übertreibe ich nicht!

Gadamer beim Rotwein

Ein Vormittag des Jahres 1987. Mein Terminkalender sieht für 12 Uhr eine Begegnung mit Professor Hans Georg Gadamer vor, der auf Einladung des Centro Culturale Friedrich Nietzsche in Palermo weilt.

Der große Philosoph tritt ein, auf einen Gehstock stützt er seine 87 Lebensjahre: Er ist am 11. Februar 1900 geboren.

Gadamer spricht über sein Leben, über seine Lehrtätigkeit.

»Ich erinnere mich noch«, erzählt er an einem bestimmten Punkt, »an den Vortrag, den Martin Heidegger am 1. März 1970 in Heidelberg anläßlich meines 70. Geburtstags und meiner Pensionierung gehalten hat. Es war ein unglaublicher Vortrag.«

»Ein unglaublicher Vortrag«, wiederhole ich. »Wirklich unglaublich«, wiederholt Gadamer noch einmal.

»Und die Studenten haben ihre Wertschätzung durch Klopfen mit ihren Fingerknöcheln auf die Bänke der mittelalterlichen Aula zum Ausdruck gebracht«, erinnere ich ihn.

»Ja, sie haben applaudiert. Aber, Herr Bürgermeister, woher wissen Sie, daß der Vortrag unglaublich war? Daß die Studenten applaudiert haben?« fragt Professor Gadamer erstaunt.

»Ich war dort. Ich war einer der Studenten, die applaudiert haben«, antworte ich.

So ist eine sehr schöne Beziehung zwischen uns entstanden.

Und an jedem 11. Februar sandte ich ihm Glückwünsche zu seinem Geburtstag.

Am 11. Februar 2000 – zum Hundertsten! – bin ich zur Karl-Ruprecht-Universität in Heidelberg eingeladen. Ich überbringe dem großen Philosophen die Ehrenbürgerschaft von Palermo, der seit 1987 mit großer Anteilnahme den Weg der Erneuerung unserer Stadt verfolgt hat.

Der Rektor begrüßt die über tausend Anwesenden: Philosophen, Rektoren und Universitätsprofessoren, Politiker...

»Ich kann nicht alle aufzählen, die uns durch ihre Anwesenheit ehren«, beginnt der Rektor seine Rede. »Ich danke stellvertretend für alle dem Herrn Bundespräsidenten Johannes Rau und dem Bürgermeister von Palermo Leoluca Orlando.«

Beifall und Erstaunen, daß meine Anwesenheit unter den Anwesenden Erwähnung findet.

Erstaunen und tiefe Bewegung bei mir, der nun nicht als Student, sondern als Bürgermeister in *meine* Universität zurückgekehrt ist.

Im Verlauf der Ehrung ergreife ich das Wort, ich grüße die Autoritäten, ich grüße die Bürgermeisterin von Heidelberg, meine Freundin Beate Weber.

Die Überreichung der Ehrenbürgerschaft wird von großem Beifall begleitet.

Beim Abendessen nach der Ehrung trinkt Hans Georg Gadamer zwei Liter Wein. Mit einhundert Jahren zwei Liter Rotwein!

Den Unterschied zwischen einem großen Meister und einem kleinen Schüler habe ich verstanden: er zwei Liter Rotwein, ich ein halbes Glas Bier.

Ich fühle mich von meinen Gefühlen übermannt und kann nicht mehr bleiben.

Ich verabschiede mich von dem Philosophen und zwinge meine deutschen Begleiter, über eine Stunde lang bei Nacht mit mir durch die kleinen Gassen von Heidelberg zu ziehen, um die innere Bewegung, die zu große innere Bewegung dieses Tages zu verarbeiten.

Jeder 11. Februar ist inzwischen ein Tag großer Emotionen, verbunden mit der Erinnerung an diesen großen Philosophen und ungewöhnlichen Menschen, der uns 2002 für immer verlassen hat, einige Tage nach dem 11. Februar, als ich ihm, wie jedes Jahr, meine Glückwünsche übermittelt hatte. Und weil ich in Baden-Württemberg war, hatte ich gehofft, ihn sehen zu können. Es war mir nicht gelungen: Das Flugzeug wartete am Flughafen in Stuttgart. Ich habe ihn angerufen, und Professor Gadamer hat geantwortet: »Danke für die Geburtstagswünsche. Ich habe hier deine Autobiographie und zeige sie gerade einem kanadischen Journalisten. Ich habe meinem Gesprächspartner in diesem Augenblick erklärt, wer du bist. Ich habe ihm gesagt, du bist ein Mann, der zu Recht stolz sein kann auf das, was er für sein geschundenes wunderschönes Palermo getan hat.«

Und wieder ein 11. Februar. Der letzte 11. Februar mit Hans Georg Gadamer. Und wieder die starken Gefühle.

Martin Heideggers amerikanischer Chauffeur

Martin Heidegger im Schwarzwald und wir Studenten in Heidelberg. Wir haben viel Zeit damit verbracht, über diesen bedeutenden Philosophen zu reden, über dessen Vergangenheit noch viele Schatten lagen und der eine andere politische Position vertrat als wir.

Gelegentlich kam Martin Heidegger seine Kollegen und Schüler besuchen. Ich erinnere mich noch, als wäre es gestern gewesen, als er am 1. März 1970 einen Vortrag zu Ehren seines Schülers Hans Georg Gadamer hielt, der sich in weit vorgerücktem Alter vom Lehrbetrieb zurückzog.

Es waren noch die Jahre der Studentenbewegung, die von der Begeisterung des Jahres 1968 durch eben diese Hörsäle zum Terrorismus überleitete.

Ich träumte davon, Martin Heidegger einmal begegnen, einmal mit ihm sprechen zu können. Das war unmöglich. Dennoch wollte ich gerne etwas, das im Gedächtnis bleibt und es mir erlaubte zu sagen: »Ich bin dem großen Philosophen einmal begegnet. Ich habe mit ihm gesprochen.«

An diesem Märzvormittag bemerkte ich, daß ein junger Amerikaner bei ihm war. Martin Heidegger war in einem weißen Auto, einem Sportwagen mit Klappverdeck, aus dem Schwarzwald gekommen. Am Steuer saß der junge Amerikaner, der dem Aussehen und seinem T-shirt nach eher ein Basketballspieler als ein junger Philosophiestudent sein konnte.

Ich hatte mich in mein Schicksal gefügt und verstanden, daß es mir niemals gelingen würde, mit Heidegger zu sprechen.

Da dachte ich mir, ich sollte mich statt dessen an den jungen Amerikaner heranmachen, um etwas von ihm über Heidegger zu erfahren, Informationen, Anekdoten, etwas über den Charakter Heideggers.

Dieses wesentlich bescheidenere Bemühen hatte Erfolg. Und ich dachte mir, daß wenig mehr ist als nichts. Ich würde mich mit dem wenigen, mit den kleinen Nachrichten zufriedengeben und ein Bier mit dem Chauffeur trinken.

Während der Unterhaltung fragte ich ihn einmal: »Wie kommt's, daß du Chauffeur bist?«

Die Antwort kam augenblicklich, und augenblicklich fand sie mein vollstes Verständnis.

»Ich habe mich entschlossen, ein paar Jahre in Professor Heideggers Nähe zu leben, indem ich ihn chauffiere. Eine Arbeit, die heute keinen Pfennig wert ist, aber morgen eine unschätzbare Erfahrung sein kann.«

Das hätte ich auch getan, dachte ich. Und weil das Geld meines Stipendiums hinten und vorne nicht reichte, fragte ich ihn weiter: »Und wovon lebst du? Wie verdienst du dein Geld? Hast du reiche Eltern?«

»Nein«, sagte er gleich, »meine Eltern sind nicht reich, aber ich habe viel Geld.«

»Du arbeitest nicht, hast aber viel Geld? Wie hast du das geschafft?« Ich drängte ihn förmlich.

Die Neugier, den jungen Amerikaner genauer kennenzulernen, hatte die andere Neugier, mehr über Martin Heidegger zu erfahren, in den Hintergrund gedrängt.

»Ich habe eben viel Geld«, sagte er beinahe ungeduldig.

»Schon gut... aber wie hast du es geschafft, so viel zu verdienen?«

Ich hatte den Bogen offensichtlich überspannt, und der junge Amerikaner beschloß, dem ein Ende zu machen.

»Wenn du mir versprichst, daß du mich nicht fragst, wie ich mein Geld verdient habe, sage ich dir, wo ich so viel verdient habe.«

Ich hatte keine andere Wahl. Ich mußte mich mit dem Wo zufriedengeben, nicht mit dem Wie.

»Also wo?« fragte ich unverzüglich.

»In Verona«, antwortete er. Und eine große Stille senkte sich über uns.

Ich war ganz mit der Frage beschäftigt: »Wieso verdient man in Verona so leicht so viel Geld?«

Ich dachte an die Arena von Verona, ich dachte an die Weinvermarktung, ich dachte... ja, ich dachte auch an Drogenhandel, denn in jenen Jahren war Verona das Zentrum des Drogenhandels.

Und als ich nachmittags zur Vorlesung zurückkehrte, sagte ich immer wieder laut vor mich hin: »Wie ist die Welt doch merkwürdig!«

Ein Kommilitone sah mich und fragte: »Redest du mit dir selbst? Geht es dir nicht gut? Ist irgend etwas schiefgelaufen?«

Und wenn ich an Martin Heidegger in einem Sportwagen denke, mit einem Amerikaner am Steuer, der in kurzer Zeit gegen Ende der sechziger Jahre viel Geld in Verona verdient hat, wiederhole ich auch heute noch: »Wie ist die Welt doch merkwürdig!«

Sizilianisch

Peppuccio u' pisciaiolo, Pepuccio der Fischhändler. Um seinen Unterhalt zu verdienen, verkauft Peppuccio Fisch auf der Straße und auf den Märkten in den verschiedenen Vierteln.

»Pisci, pisci, Fisch, Fisch«, klingt sein Ritornell in farbigem Sizilianisch.

»Wenn du's im sizilianischen Dialekt anbietest, verkaufst du dann mehr?« frage ich ihn.

»Was heißt hier Dialekt? Sizilianisch ist eine Sprache!«

Ich sehe ihn erstaunt an.

Ich habe nicht die Zeit, ihn zu fragen, welche wissenschaftliche Grundlage er für seine Behauptung anführen könnte, denn sofort ist er es, der mich fragt: »Weißt du, Professore, was der Unterschied zwischen Dialekt und Sprache ist?«

Ich sehe ihn noch erstaunter an. Hier gehen wir jetzt in die wissenschaftliche Vertiefung des Unterschieds, denke ich bei mir.

»Ein Dialekt ist eine Sprache ohne Armee. Wenn ein Dialekt eine Armee hat, wird er zur Sprache.«

Genial, vielleicht nicht wissenschaftlich, aber historisch genial.

Und Peppuccio legt noch nach. »Wir müssen die Mafia reinlegen und die sizilianische Sprache hochhalten. Die Mafia behauptet, das Sizilianische sei eine Sprache, weil die Mafia eine Armee hat. Wir müssen das Sizilianische als Sprache bezeichnen, auch ohne, ja sogar gegen die Armee der Mafia.«

Peppuccio hat mir eine beispielhafte Definition der Synthese zwischen Identität und Legalität geschenkt, er hat mir eine starke Waffe gegen die Mafia und zum Schutz unserer Identität als Sizilianer in die Hand gegeben.

Grazie, pisciaiuolo!

Nikita Leoluca

Svetlana. Eine Verrückte. Auch sie eine Verrückte. Ordentliches Mitglied im Club der Verrückten, die ich Tag für Tag rund um die Welt stärker machen möchte.

Beruf: Journalistin.

Wohnort: St. Petersburg.

Hobby: Leoluca Orlando.

Svetlana lebt zwar in St. Petersburg, hat aber beschlossen, daß zu ihren Hobbys ich gehöre. So kommt sie alle drei Monate – und jedesmal aus einem anderen Grund, unter einem anderen Vorwand – nach Palermo, um mich zu treffen. Bei ihr sind immer ein Fotograf und eine Fernsehcrew. Hunderte von Fotos, unendliche Meter von Filmstreifen, Stunden für Hörfunk- und Fernsehsendungen sind die Ausbeute dieser Reisen und die Mine, aus der Svetlana sich bedient, um über mich im Fernsehen zu sprechen, während der drei langen Monate zwischen der einen und der nächsten Begegnung in Palermo.

Svetlana kennt kein Maß. Sie ist maßlos. Sie ist fähig, einen Fernsehbeitrag zu schneiden, in dem über den Regen in Moskau gesprochen wird, und so, als wäre es das Natürlichste von der Welt, fügt sie ihren Worten über den Regen hinzu: »Und wie schon Leoluca Orlando sagt, Wasser ist Leben. Wir bringen Ihnen jetzt einen Bericht über Orlando und das Wasser in Palermo.«

Eines Tages teilt Svetlana mir mit, daß ich einen kleinen Jungen taufen soll.

»Wie? Was? Wieso? Wann?« frage ich.

Doch weil ich Svetlana kenne, weiß ich bereits, daß es ein schöner Vorschlag sein wird, und ich weiß bereits, daß ich zusage.

»Ich habe einen kleinen Jungen adoptiert, den ich in einem Waisenhaus gefunden habe. Er heißt vorläufig Nikita. Du mußt ihn auf Nikita Leoluca taufen. Du bist sein katholischer Pate. Ich bin eine Orthodoxe, aber die Taufe folgt dem Bekenntnis des Paten.«

Am 18. Oktober bin ich in St. Petersburg, um den bedeutenden Puschkin-Preis in Empfang zu nehmen. Morgens bin ich in der katholischen Sankt Stanislaus Kirche.

In der Stadt hat Svetlana keinen russisch-katholischen Priester auftreiben können. Ein weiterer Thermometeranzeiger für die Gegensätze zwischen dem Patriarchat und dem Heiligen Stuhl. Schließlich aber kommt ein katholischer Priester, ein Pole.

Die Feier beginnt. Svetlana und ich einen Schritt hinten, vor uns Nikita Leoluca mit einer großen Kerze in der Hand.

Der Priester spricht ein unverständliches Russisch. Daß es unverständlich für mich ist, der gerade in diesen Tagen mit der Sprache beginnt, ist verständlich. Daß sie aber auch für die anwesenden Russen unverständlich ist, ist eine Bestätigung dafür, wie schwierig es gewesen ist, einen katholischen Priester zu finden und ihn nach Sankt Petersburg kommen zu lassen.

Da und Niet und Niet und Da: Nikita Leoluca ist getauft.

Gleich darauf wendet sich der Priester an Svetlana und an mich und legt uns ans Herz, nur ja Sorge um den Kleinen zu haben. »Ihr Eltern, ihr Eltern...«, sagt er immer wieder.

Und ich denke an meine Frau: Wer wird es Milli wohl sagen?

Nach der Feier gehen wir in ein kleines Lokal, das nur für

uns geöffnet hat. Ein kleines urrussisches Lokal, in das nur Russen gehen.

Nikita Leoluca am Kopfende des Tisches, in seinem Festtagsanzug und einem an die Jacke gehefteten Engelchen: Geschenk des Taufpaten.

Rechts sitzt Svetlana, links ich und rechts von Svetlana Viviana, die Dolmetscherin. Svetlana spricht nur russisch und zwingt mich so, noch eine andere Sprache zu lernen. Zu meiner Linken ein Polizist des Begleitschutzes, russisches FBI, vormals KGB, aber immer noch die Lubjanka.

Während des Essens wende ich mich an Nikita Leoluca und sage: »Heute, am 18. Oktober, ist Sankt Lukas. Aber das ist nicht dein Namenstag. Dein Namenstag ist am Tag von Sankt Leoluca, dem Schutzpatron von Corleone auf Sizilien. Dein Namenstag ist der 1. März.«

»Der 1. März?« fragt Nikita Leoluca. »Aber ich bin am 1. März geboren.«

Am 1. März 1991 kommt in Rußland ein Junge zur Welt, der elternlos ist. Zehn Jahre später kommt aus Sizilien ein Pate zu ihm: »Ein gütiger Pate von Sizilien« titeln die Zeitungen von St. Petersburg am 19. Oktober.

Dieser Pate tauft den Jungen auf den Namen Leoluca, nach dem Schutzpatron von Corleone, dessen Fest am 1. März gefeiert wird. Aber das ist noch nicht alles. Mein Vater wurde am 1. März geboren. Mithin der Geburtstag meines Vaters, der Geburtstag eines elternlosen russischen Jungen und mein Namenstag.

Die offiziellen Wagen erwarten mich, um mich zum Dorf des Zaren zu fahren, wo ich den Puschkin-Preis entgegennehmen werde.

Stehend, noch vor dem Tisch, übergibt mir Svetlana ein wunderschönes russisches Kreuz.

»Es ist von Nikita Leoluca. Es ist sein Geschenk an den Paten. Er ist zu aufgewühlt und hat mich gebeten, es dir zu überreichen.«

»Vielen Dank. Es ist wunderschön«, sage ich und gebe meinem Patenkind einen Kuß. »Svetlana, dieses Kreuz ist wirklich wunderschön…«

»Es ist nicht nur wunderschön, es ist auch alles, was Nikita Leoluca besitzt. Vor ein paar Jahren ist er völlig nackt gefunden worden, mitten auf der Straße, mit diesem Kreuz in der Hand. Jetzt besitzt er nichts mehr. Er hat dir alles gegeben, was er auf Erden besitzt.«

Dieses Kreuz ist immer in meiner Aktentasche, wo immer ich hingehe. Und bei dem Kreuz ist ein Foto von Nikita Leoluca.

»Er ist genau wie du, als du elf warst«, hat Milli gerufen, als sie sein Foto zum ersten Mal sah.

Ja, das stimmt. Er ist genau wie ich, als ich elf war.

Eine Freundin von Milli hat versucht, meine Frau zu warnen. »Sei vorsichtig. Svetlana könnte Lucas Geliebte sein.«

Von anderen habe ich Millis Antwort darauf erfahren. »Svetlana Lucas Geliebte? Niemals. Allenfalls seine nächste Frau, aber Geliebte niemals.«

Meine Frau kennt die geheimen Seiten meiner Seele und daher:

Sobald Nikita Leoluca sein vierzehntes Lebensjahr vollendet, hat er nach russischem Recht die Möglichkeit, sich zu entscheiden, sich Orlando zu nennen, und mit Millis Zustimmung und der unserer Töchter wird er sich Orlando nennen.

Nikita Leoluca ist der einzige Nikita Leoluca auf der Welt: Nikita ist ein russischer Name, und zwar ausschließlich ein russischer, und Leoluca ist ein Name aus Corleone, und zwar ausschließlich aus Corleone.

Corleone ist nicht mehr nur die Stadt der Mafiosi, nicht mehr nur die Stadt der vielen, die gegen die Mafia gekämpft haben, seit dem 18. Oktober 2001 ist es auch die Stadt von Nikita Leoluca.

Cesare Previtis Piano

Das Telefon klingelt auf der Leitung, die dem Bürgermeister von Palermo vorbehalten ist, um wichtige Mitteilungen zu empfangen oder hinauszuschicken.

»Hallo, Papa?« Es ist meine Tochter Eleonora.

»Was ist los?« frage ich besorgt.

»Da ist ein Herr, ein Gerichtsvollzieher, der ist gekommen und will die Möbel im Haus pfänden.«

»Die Möbel im Haus? Wieso?«

»Ich reiche dich mal weiter.«

»Signor Bürgermeister, ich muß die Möbel in Ihrem Haus, in der Villa Virginia, pfänden und ihre Veräußerung einleiten. Ich handle auf Antrag des Herrn Ehrenwerten Abgeordneten Cesare Previti, Ihres Gläubigers. Ich gebe Sie an Ihre Tochter zurück.«

Ach ja, ich stehe bei Cesare Previti in der Kreide, der ein Kumpan von Silvio Berlusconi gewesen ist, danach Verteidigungsminister in der Regierung Berlusconi.

»Papa. Was haben denn die Möbel mit deinen Schulden zu tun? Die Möbel im Haus wie ja auch Villa Virginia gehören doch Leila und mir. Der Großvater hat doch alles uns gegeben...«

»Ruf den Rechtsanwalt an, damit der dagegen Einspruch erhebt.«

Ich lege den Hörer auf und fahre mit meinem Arbeitstreffen fort: Diesmal mit einer Gruppe von Mitbürgern, die den Bau einer neuen Schule in einem Viertel am Stadtrand fordern.

Tief in der Nacht komme ich nach Hause. Meine Tochter wartet auf mich, sie ist völlig aufgewühlt.

»Was für eine Sauerei!« ruft sie. »Da müssen wir die Möbel verkaufen, um diesen Gauner von Previti zu bezahlen!«

»Ja«, sage ich, »eine richtige Sauerei.«

Ein paar Jahre zuvor, 1995, forderte die Staatsanwaltschaft von Mailand die Verhaftung von Rechtsanwalt Cesare Previti, Parlamentsabgeordneter von Berlusconis Forza Italia, und zwar wegen Bestechung der Staatsanwaltschaft, Bilanzfälschung und einer ganzen Reihe anderer Vergehen.

Die Presse ebenso wie die gesamte öffentliche Meinung im Land sprach zu dieser Zeit von nichts anderem. Ein Journalist des *Corriere della Sera* bat mich um ein Interview. Auf die Frage, wer denn heute die neuen politischen Bezugspersonen der Mafia und der Korruption sein könnten, antwortete ich, daß eine dieser Bezugspersonen ganz sicher Cesare Previti sei.

Silvio Berlusconis Kumpan reagierte mit einer Anzeige wegen Rufschädigung.

Ich verteidigte mich, indem ich sagte, meine Meinung sei politischer Art und spiegele unter anderem das wider, was man in allen Zeitungen Italiens in dieser Zeit lesen könne.

Das Mailänder Zivilgericht verurteilte mich zu einer Zahlung von 40 Millionen Lire wegen Rufschädigung, zusätzlich der Verfahrenskosten.

Ich ging in Berufung.

Das Zivile Apellationsgericht von Mailand erkannte zwar an, daß ich eine beispielhafte Persönlichkeit im Kampf gegen Korruption und Mafia sei, aber verurteilte mich ... nicht zu 40 Millionen, sondern zu 80 Millionen Lire Wiedergutmachung! Wenn Orlando die moralische Frage zur Sprache brachte, hörten ihm zwar alle zu, doch der Schaden war doppelt so groß!

Ich legte Berufung beim Kassationsgerichtshof ein.

Während ich noch auf das Urteil des Obersten Gerichtshofs wartete, ließ dieser Gauner von Previti das Urteil des Berufungsverfahrens der Zweiten Instanz vollstrecken. Daher Eleonoras Anruf und die drohende Pfändung der Möbel in der Villa Virginia.

Ein Münzprägungsgerät, einige Kredenzen und ein paar Bilder alter Meister wurden gepfändet. Ebenso gehörte ein hervorragendes Pianoforte aus dem 19. Jahrhundert zu den Pfändungsgegenständen.

Der mit der Durchführung betraute Richter verfügte die Veräußerung... im Haus des Schuldners! Ein Dienstag wurde für den Versteigerungsverkauf festgelegt in der Villa Virginia, in meinem Haus.

Ich sollte nicht nur dafür bezahlen, was ich gesagt hatte und was selbst die Steine in ganz Italien wissen und sagen, sondern ich sollte auch noch den Affront eines Versteigerungsverkaufs unter meinem Dach hinnehmen.

Käufer würden kommen, würden durch die Zimmer und Flure meines Hauses gehen, um die gepfändeten Objekte anzuschauen, zu bewerten und einen Preis zu bieten.

Das Polizeipräsidium, das für meine Sicherheit zuständig ist, war entsetzt. Wie war es möglich, freien Zugang zum Haus von Leoluca Orlando zu verfügen, der auf der höchsten Stufe des Begleitschutzes stand und steht und dessen Haus eine Zentrale von Videoüberwachung und Alarmsystemen ist?

Das empörte auch einen sizilianischen Unternehmer. Er war reich, sehr reich und ganz sicher kein Wähler der Linken. Er rief meinen Sekretär an, traf sich mit ihm und bot ihm einen Scheck an, der die Höhe der Wiedergutmachungssumme und der Verfahrenskosten berücksichtigte, insgesamt über 130 Millionen Lire, und fügte hinzu: »Ich kann es nicht hinnehmen, daß der Bürgermeister in diese Lage gebracht wird, weil er über einen Gauner gesagt hat, was alle in Italien wissen und denken!«

Mein Sekretär war verlegen. Er lehnte den Scheck ab. Der Unternehmer beharrte mit einem einleuchtenden Argument: »Sie müssen diesen Scheck morgen, Dienstag, dem Gerichtsvollzieher überbringen, bevor der Versteigerungsverkauf der Möbel beginnt und alle aus dem Haus des Bürgermeisters geworfen werden. Sobald Professore Orlando dazu in der Lage ist, kann er mir den Betrag wieder zurückzahlen.«

»Ich verstehe nicht, wie ich ein derartiges Geschenk akzeptieren kann. Eine Rückerstattung ist da schon etwas anderes«, sagte mein Sekretär und, vorbehaltlich meiner Ansicht in dieser Sache, bedankte er sich und sagte: »Sofern es sich als notwendig erweisen sollte und der Bürgermeister einverstanden ist, werde ich den Scheck abholen. Haben Sie aber fürs erste Dank für ihre Bereitwilligkeit.«

Empört waren auch meine Töchter. Denn der mit der Einleitung einer Versteigerung betraute Richter mußte einräumen, daß die Villa mit ihrem gesamten Inhalt eine Schenkung an sie ist, und doch hatte derselbe Richter den Versteigerungsverkauf mit dem Argument angeordnet, er sei der Meinung gewesen, daß ich dort wohne und die Möbel daher mir gehören würden.

Ein italienisches Sprichwort sagt: Der Teufel macht zwar die Töpfe, nicht aber die Deckel.

Vor zwanzig Jahren wurde die Villa von der Denkmalbehörde unter Schutz gestellt und die Möbel – unter diesen alle gepfändeten Möbelstücke und auch das Pianoforte aus dem 19. Jahrhundert – zum nationalen Kulturgut erklärt.

Diese Liste mit beiliegender Auflistung der Möbel fand ich wieder.

Der mit der Veräußerung betraute Richter sah sich gezwungen, die weitere Durchführung abzubrechen, und ich zweifle nicht, daß es ihm ganz weh ums Herze war, denn schließlich hatte er die Sache ja mit soviel Hartnäckigkeit betrieben.

Doch damit war die Geschichte nicht zu Ende. Ein Anhörungstermin vor dem Obersten Gerichtshof wurde anberaumt.

Mein Rechtsvertreter legte noch einmal dar, daß ich eine politische Meinung geäußert hätte, die dem Ruf des Herrn Ehrenwehrten Abgeordneten Cesare Previti voll und ganz entspreche, jedenfalls gleich oder abgeschwächter sei als das, was man in allen italienischen Zeitungen lesen könne.

Der Generalstaatsanwalt beim Obersten Gerichtshof, der immerhin der oberste Ankläger in Italien ist, bestätigte, daß ich mein gesetzlich verbrieftes Recht auf Meinungsäußerung ausgeübt hätte, daß der Ruf des Ehrenwehrten Abgeordneten Cesare Previti allgemein weitaus schlimmer als die von mir zum Ausdruck gebrachten Urteile sei und er daher meinen Einspruch annehme und die Aufhebung meiner Verurteilungen aus früheren Instanzen verfüge.

Previtis Rechtsanwalt erschien gar nicht erst zu dieser Anhörung!

Das war auch nicht nötig. Denn der Oberste Gerichtshof wies die Forderung des Generalstaatsanwalts ab und verurteilte mich, auch in Abwesenheit des Verteidigers des vermeintlich Verunglimpften!

Was bleibt da noch zu sagen?

Nur so viel, daß ich trotz dieser elenden Geschichte von Arroganz und Illegalität weiterhin gut über die Justiz rede und das Piano bei mir zu Hause, das zum nationalen Kulturgut erklärt worden war und daher sowieso niemals Cesare Previti gehören wird, »Cesare Previtis Piano« nenne. Trotz dieser Sektion des Obersten Gerichtshofs, trotz des mit der Durchführung einer Versteigerung betrauten Richters kann ich auf meinem Piano immer noch das Ritornell begleiten: »Previti ist ein Gauner und Berlusconi sein Kumpan.«

Ein Vortrag in West Point

Die Columbia University in New York lud mich für den 11. März 2002 ein, des schrecklichsten Terroraktes zu gedenken, den die Welt bis dahin gesehen hat. Sechs Monate nach dem Geschehen des 11. Septembers.

»Wieso ich, als einziger Nicht-Amerikaner?« fragte ich.

»Sie sind in diesen sechs Monaten viele Male nach New York gekommen und haben niemals den Ground Zero besucht«, war die Antwort. »Sie sind der am besten Geeignete, des Ground Zero zu gedenken.«

Das stimmte. Ich war nie hingegangen. Warum hätte ich dahin gesollt? Um mir was anzusehen?

Wenn es ein Treffen gäbe, eine Feier, eine Gelegenheit, um gemeinsam mit anderen für die Verurteilung dieses Mordes und für diesen Schmerz, diesen immensen Schmerz einzustehen... Aber einfach so, hingehen, besuchen, um anschließend Freunden sagen zu können, daß ich Ground Zero gesehen und das und das empfunden hätte?

Ach, wer in eigener Person in Sizilien die schrecklichen Jahre der Mafiamassaker erlebt hat, der unternimmt keinen Tourisme macabre.

Ich sprach über Terrorismus, ich sprach über Identitätsillegalität, ich sprach über meine Metapher, den sizilianischen Karren mit zwei Rädern, und erinnerte daran, daß zur Bekämpfung der vielgestaltigen Illegalitäten, die eine Identität für das Töten benutzen – sizilianische oder russische Mafia, die die sizilianische oder russische Identität benutzen, islamischer oder baskischer Terrorismus, der die islamische oder baskische Identität benutzen –, ganz fraglos das Rad der Legalität notwendig sei, doch ebenso notwendig sei das Rad der Kultur.

Und daher sei der Friede ein viel zu hohes Gut, als daß er den Militärs anvertraut werden dürfe, ebenso wie die Legalität ein viel zu hohes Gut sei, als daß sie der Polizei überlassen werden dürfe.

Ich führte meine Überlegungen zur Illegalität weiter aus, ohne mehr über Frieden, Krieg oder Militärs zu sprechen.

Am Ende meiner Rede kamen viele zu mir, um mich zu begrüßen und mir ihre Komplimente auszusprechen.

Ein Herr stellte sich vor: »Mr. Parker, Academy of West Point. Es ist mir ein Vergnügen, Ihre Bekanntschaft zu machen und Sie zu Ihrer Rede zu beglückwünschen.«

»Ich danke Ihnen für Ihre Aufmerksamkeit«, antwortete ich.

»Würden Sie in unsere Academy kommen und den Militärs erläutern, daß der Friede ein viel zu hohes Gut ist, als daß er ihnen anvertraut werden darf?«

Ich bin nach West Point gefahren. Ich habe alles erläutert und abgeklärt. Einige Monate später war ich dann in diesem schönen, ordentlichen, sauberen amerikanischen Dorf mit seinen Bewohnern, die spazierengehen, einkaufen, den Hund ausführen, Pflanzen gießen … allesamt in Militäruniform. So viele Männer. So viele Frauen. Das Thema meines Vortrags an der Militärakademie lautete: »Der Friede ist ein zu hohes Gut, als daß er den amerikanischen Soldaten anvertraut werden darf.«

So ist Amerika. Und das, was Amerika immer noch zu einer Vision macht.

Epiphanie der Charakterlosen

Am Epiphaniasfest 2002 waren es zweiundzwanzig Jahre, daß Piersanti Mattarella ermordet wurde.

Um neun Uhr fünfzehn legte ich einen Blumenstrauß nieder, um den sich Mimmo, der frühere Protokollchef der Gemeinde von Palermo, gekümmert hatte. Er ist ein aufrechter, ein ehrlicher Christdemokrat, ehrlich wie alle aufrechten Christdemokraten. Er wurde aus dem Amt entlassen und ersetzt.

Ein echter Christdemokrat kann nicht mit den Charakterlosen zusammenleben, die heute Italien regieren. Den Ausdruck »charakterlos« in diesem Zusammenhang hat mir Masino aus dem Ballarò-Viertel beigebracht, ein aufrechter Christdemokrat, über den ich in meiner ersten Geschichte erzählt habe.

Eine Erinnerung vor der offiziellen Erinnerung.

Um neun Uhr dreißig kamen die Üblichen.

Bei dieser Gelegenheit war der derzeitige Präsident der Region Sizilien nicht anwesend.

War Piersanti Matarella denn etwa nicht der Präsident der Region? Ist er denn nicht von der Mafia umgebracht worden, weil er für ein von der Mafia befreites Sizilien gearbeitet hat?

Auch der Bürgermeister war nicht anwesend. Der ließ sich lieber von einem Stadtrat vertreten, einem Kommunisten. Ja, denn der Sumpf der Charakterlosen ist auch dazu in der Lage, er verschlingt auch einen Kommunisten mit der Aussicht, sich mit Rechtsangelegenheiten beschäftigen zu dürfen. Und er bestätigte damit die These der Mafia, daß nur die Kommunisten die Mafia bekämpfen. Daher wurde ein Kommunist dazu benutzt, die Gemeinde von Palermo zu repräsentieren ... Und auch er ist inzwischen zu einem charakterlosen Kommunisten verkommen, gilt aber als gut, weil er Kommunist ist.

Und die Stadt war nicht anwesend.

Es war Winter. Und Winter war es auch 1980.

Ein langer Frühling und ein langer Sommer hatten diesen Winter vergessen machen, doch nach dem Sommer war es wieder Herbst geworden, ein ganz kurzer Herbst, gefolgt von einem Winter, der wohl noch sehr sehr lange dauern wird.

Dann muß man eben Geduld haben. Es wird auch wieder ein neuer Frühling kommen. Wann? Wer kann das wissen! Aber sicher ist, daß er kommen wird.

Und es wird wieder so herrlich und leicht sein wie damals, Ginster am Straßenrand zu pflücken, wie es Piersanti tat, als er, mit der Gebärde eines Kindes, das er liebt, an seine Irma dachte, den Begleitschutz und den gepanzerten Wagen an diesem schrecklichen Sonntag vor zweiundzwanzig Jahren anhalten ließ und ausstieg, um mit seiner Familie zur Messe zu gehen. Als Mitbürger, als Christ, ohne alles Beiwerk, ohne allen Schutz, was seiner Stellung entsprochen hätte.

Heute verläßt Irma das Haus mit ihrer Tochter Maria, mit ihrem Schwiegersohn und ihrem Enkel, den Piersanti nicht kennenlernen konnte. Der gleiche Weg, die gleiche Strecke, das gleiche Haus. Wieder, so wie jedes Jahr.

Die gleiche Strecke, die der Präsident der Region Sizilien, Piersanti Mattarella, zum letzten Mal zurücklegte ... Ein aufrechter, ehrlicher Christdemokrat, der mit seiner moralischen Integrität seiner Stadt zu weit voraus war, die von Schamlosen beherrscht wurde, die sich Christdemokraten nennen.

Ein unbequemer sizilianischer Christdemokrat, ermordet

von sizilianischen Christdemokraten, ermordet von Mafiosi, die sich als Sizilianer verkleidet hatten.

Groß ist der Schmerz, groß die Wehmut, eine Wehmut, die den Schmerz noch verstärkt, die Erinnerung an diesen furchtbaren Schrei aus Angst und Liebe, diese liebevolle und zugleich schreckliche Geste beim Versuch, den Kopf seines Chauffeurs zu schützen, die Erinnerung an eiskalte Augen, an einen charakterlosen Killer, geschickt von charakterlosen Männern.

Heute stirbt man in Palermo nicht mehr durch Mord.

So scheint es.

So will es die Mafia, um kein Aufsehen zu erregen.

Verflucht sei dieses Volk, wenn es verliert, verflucht sei jedes Volk, wenn es das Gedenken an die verliert, die gestorben sind, um das eigene Land lebenswert zu machen.

In dieser Zeit mafioser Ruhe, in einer Zeit, in der der verbrecherische neue Mafiaboß Bernardo Provenzano mit den charakterlosen Politikern, die Italien heute regieren, Absprachen getroffen hat, ist die einzige Art, der Gefallenen zu gedenken, die Erinnerung an die Vergangenheit und die Hoffnung, im Frühjahr wieder Ginster am Straßenrand zu pflücken. Die Erinnerung an Vergangenes und die Hoffnung auf Künftiges, das ist Leben. Es ist die einzige Art, diese kalte Gegenwart, diesen eisigen Winter würdevoll durchzustehen.

Ihr irrt und wir zahlen

Meine Frau grüßt keinen mehr, der seine Stimme für Berlusconi abgibt. Damit hat sie Freundschaften beendet, die teilweise bis in die Schulzeit zurückreichten. Vor langer Zeit schon hat sie mich wissen lassen, daß es nach so vielen Jahren der Ehe gut wäre, wenn ich wüßte, daß der einzige Grund, weswegen sie unverzüglich die Scheidung verlangen würde, der wäre, wenn ich ein wie auch immer gestaltetes Bündnis mit Silvio Berlusconi einginge.

»Und erzähle mir dann bitte nicht, daß ein Bündnis mit Berlusconi besser helfe, ihn zu besiegen. Das zieht nicht! Das bedeutet Scheidung!«

Das ist sehr viel. Meine Frau hat niemals von Scheidung gesprochen. Und als ihr Ehemann und als Jurist weiß ich, daß sie mehr als einen Grund hätte, sich von mir scheiden zu lassen. Ja, so ist es: Aus familiären Gründen kann ich kein Bündnis mit Berlusconi eingehen.

Ganz allgemein erinnere ich mich selber daran, daß ich mindestens neun weitere gute Gründe habe, Übereinkünfte mit Berlusconi abzulehnen. Doch die Scheidung ist der wichtigste. Und wozu sollte ich dann noch über die anderen neun reden?

Ich erinnere mich, daß ich, als ich achtzehn war und gerade mein Abitur gemacht hatte, im Überschwang meines Stolzes und meines Hochgefühls meinen Vater um ein rotes Porsche-Coupé als Geschenk angegangen bin.

Mein Vater hätte zu dieser Zeit und nicht nur zu dieser Zeit alles, wirklich alles für mich getan.

Auf meine Bitte, die ihn freundlich verwirrt hatte, antwortete er nach längerer Überlegung: »Nein, mein Sohn, ich kann dir kein rotes Porsche-Coupé kaufen, aus... aus zehn verschiedenen Gründen. Der erste ist, daß ich das Geld dafür nicht habe. Der zweite ist...«

»Aus, Papa. Das genügt mir. Ich habe verstanden. Wozu solltest du mich noch daran erinnern müssen, daß es unmoralisch wäre, daß es gefährlich wäre, daß es...?«

»Aus, Milli, das genügt mir. Ich habe verstanden. Wozu solltest du mich noch daran erinnern müssen, daß es unmoralisch wäre, daß es gefährlich wäre, daß es...?«

Ich redete über Berlusconi, selbstverständlich nicht mehr über den Kauf eines roten Porsche-Coupés.

Ich kenne jemanden im Vatikan. Seinen Namen kann ich nicht nennen, ich würde ihm damit nur Schwierigkeiten machen.

Ich kenne jemanden, der meinen Weg immer mit väterlichem Wohlwollen begleitet hat, auch in den schlimmsten Augenblicken.

Ich kenne jemanden, der, weil er mich im Vatikan nicht empfangen kann, gezwungen ist, mich in seiner Wohnung in einer religiösen Einrichtung in Rom zu empfangen, denn es gibt in der Kirche Männer, die meine Anwesenheit im Vatikan für einen Skandal halten. Männer der Kirche, die ich wegen der Kirche respektiere, die sie repräsentieren, und die ich verachte wegen des bösartigen Gebrauchs, die sie von ihrer Identität, von unser aller gemeinsamer Identität als Christen machen.

Monsignori wie Mafiosi: beide bedienen sich einer Identität, die auch kulturell und auch die meine ist. Die einen der katholischen, die anderen der sizilianischen. Und sie bedienen sich ihrer, um Verbrechen zu begehen.

Und mir, der ich mich bemühe, Katholik und Sizilianer zu bleiben, obliegt es, ihnen, Monsignori wie Mafiosi, meine tiefe Verachtung auszusprechen.

Doch kommen wir wieder zu meinem Freund zurück. Ich bin so etwas wie sein »heimlicher Geliebter«, heimlich empfangen, außerhalb »kanonischer« Zeiten, in einer religiösen Einrichtung, die als Garçonnière dient. Wie gesagt, seit einigen Jahren treffe ich ihn bei sich zu Hause.

Vor ein paar Monaten, wir befinden uns in der Mitte des Jahres 2002, mitten in der Amtszeit Berlusconis, rief ich ihn an. Wie immer, antwortete er mir mit väterlicher Liebe.

»Können wir uns sehen?« fragte ich.

»Sicher! Ich erwarte dich um fünfzehn Uhr in meiner Wohnung«, antwortete er.

»Nein, der Flug nach Palermo geht leider schon um vierzehn Uhr. Ich kann nur jetzt kommen.«

»Aber ich bin im Büro, im Vatikan... ich kann nicht...!«

Ein Augenblick der Stille.

»Aber... aber wieso?«

»Nein, einverstanden. Ich erwarte dich im Vatikan.«

Was ist eigentlich los, frage ich mich.

Ich fahre zu ihm. Das Auto der italienischen Polizei mit dazugehörigem Begleitschutz wurde durch die alte Umfassungsmauer der Vatikanstadt gelassen.

Mit ausgesuchter Höflichkeit wurde ich zum Büro im Innenhof soundso geleitet (ich will den Namen des Hofes hier nicht nennen, aber es ist ein wichtiger Hof, wo außerordentlich wichtige Personen der Kirche tätig sind).

Ich traf den Mann, dessen »heimlicher Geliebter« ich von diesem Tag an nicht mehr war. Und ich redete und redete.

Ich erzählte ihm von den Aktivitäten des Sicilian Renaissance Institute. Ich sprach über die Kultur der Legalität. Ich sprach über die Zusammenarbeit mit jungen Menschen von rechts wie von links, ich betonte den kulturellen, vorpolitischen Wert der Legalität...

Nach einer Stunde brach in mir der Zweifel auf: Ob ich diesem Mann, der die geheimsten Regungen meines Herzens kannte, möglicherweise unecht, möglicherweise künstlich vorkam? Wie ein Partisan mit zwei Gesichtern?

Doch im Vatikan wollte ich weniger aus Respekt vor dem Glauben als vielmehr vor der Politik nicht über Politik reden.

Doch im Vatikan konnte ich nicht so tun, als wäre ich jemand, der ich nicht bin. Ich zog mich mit einer humorvollen Bemerkung aus der Schlinge.

»Ich habe ein familiäres Problem. Meine Frau hat mir mitgeteilt, sie werde sich von mir scheiden lassen, wenn ich eine wie auch immer geartete Absprache mit dem Ehrenwerten Abgeordneten Silvio Berlusconi treffe.«

»Heilige Scheidung!« war der Kommentar meines väterlichen Freundes, der mich sprachlos werden läßt. Heilige Scheidung! Und das im Vatikan!

»Milli ist eine großartige Frau«, fuhr mein Gesprächspartner fort. »Was für ein Unglück dieser Berlusconi ist. Heilige Scheidung, angedroht von deiner Frau.«

»Die Scheidung mag ja heilig sein, aber wir sind ruiniert, und viele in diesem Palazzo haben Berlusconi geholfen.«

Das war mein ebenso harter wie trauriger Kommentar.

»Auch der Vatikan irrt gelegentlich, lieber Bruder.«

Und als ich den Vatikan verließ, dachte ich wieder: Ihr irrt, aber wir zahlen die Zeche.

Ristorante Epicuro

Sergio lehrt an der Universität. Er geht dem Beruf eines Rechtsanwalts nach. Er liebt die darstellenden Künste und die Frauen. Politisch ist er reaktionär rechtsliberal. Er besucht mich nicht mehr, seit ich in die Politik gegangen bin, obwohl er nur hundertzwanzig Schritt von mir entfernt wohnt. Er hat seine Stimme noch nie für mich abgegeben.

Was verbindet mich mit diesem Mann? Eine ferne Vergangenheit und eine mögliche Zukunft. Eine ferne Vergangenheit, in der wir gemeinsam eine Universitätslaufbahn eingeschlagen hatten, und zwar in derselben Sektion, unter demselben Ordinarius, der uns vierhändig eine wissenschaftliche Abhandlung schreiben ließ, von der wir fest glauben, daß sie eine hervorragende juristische und eine glänzende literarische Arbeit ist; und der uns so oft gezwungen hat zusammenzusein, bis meine Lebensentscheidung unvereinbar geworden war mit Alkohol und Spiel.

»Noch ein Glas Whisky?«

»Nein, danke«, antwortete ich, »sonst wird mir schwindelig.«

»Aber gerade deshalb trinkt man doch«, war Sergios immer gleiche einleuchtende Antwort, die mir unendlich neue und gefährliche Horizonte eröffnet hatte, von denen ich mich dann aber gleich wieder abwandte. Sergio dagegen suchte den äußersten Punkt dieses Horizonts auch weiterhin.

»Glücksspiel ist nur dann schön, wenn du eine Summe setzt, von der du weißt, daß du sie nie bezahlen kannst«, lautete seine Theorie, und für eine Weile war sie auch meine, begleitet von aktiver und der Einsicht angemessener Praxis. Allerdings nur für kurze Zeit, wohingegen Sergio weiterhin diese Theorie in die Tat umgesetzt hat. Eine klasse Kombination von Regellosigkeit, die er fortsetzen konnte, ich aber nicht fortsetzen wollte.

Das war der Punkt, an dem wir uns trennen mußten. Zwei Leben, die physisch zwar dicht beieinander waren, gleichzeitig aber doch sehr fern voneinander.

Unser Zukunftsprojekt: ein Ristorante eröffnen und führen.

Vor vielen Jahren, als wir uns zu unserem gegenseitigen Wohl trennten, eine Verabredung: Wer sich als erster entscheidet, in den letzten Arbeitsabschnitt des Lebens eingetreten zu sein, ruft den anderen, wo immer der sich auch befinden mag und was immer der auch tut, er verpflichtet sich, alles stehen- und liegenzulassen und ins Ristorante zu kommen. Blutspakt.

Ein Restaurant mit zwanzig oder dreißig zu führen, ist banal. Banal wie jede Arbeit, die man tun muß, um zu leben.

Jedoch sein Leben zu beschließen, indem man dem Nächsten zu essen und zu trinken gibt, hat die Dimension von Prophetie.

Welchen Namen sollte man dem Ristorante geben?

Der Name sollte unübersetzbar sein, verständlich für alle, für die vorhersehbaren Ströme von Gästen aus aller Welt, die allesamt originell, aber auch größenwahnsinnig sein würden.

Epicuro wie Epikur, der Philosoph? Einverstanden!

Wer kümmert sich um die Küche? Wer um den Weinkeller? Wer empfängt die Gäste?

Lange, erschöpfende Verhandlungen. Am Ende gebe ich nach.

Sergio kümmert sich um die Weine, und ich empfange die

Gäste. Der richtige Mann am richtigen Platz. Auch im Ristorante.

Eine kleine Besonderheit: Es gibt keinen Koch.

Auch ein ernsthaftes und fröhliches Restaurantprojekt hilft mir, fröhlich und frei zu sein: Wenn ich genug von dem habe, was ich heute tue, weiß ich, was ich sonst noch tun kann, und wenn ich genug davon habe, ein Restaurant zu führen, kann ich die Weigerung Sergio gegenüber immer noch damit begründen, daß es keinen Koch gibt.

Ninos Papa

Im Januar 1968 suchte ein gewaltiges Erdbeben den westlichen Teil Siziliens heim, mit Tod und Zerstörung, im Tal des Belice.

Die Bevölkerung, die nicht vom Erdbeben betroffen war, erlebte diese Tage von Tod, von sizilianischer Sonne und winterlicher Kälte voller Anteilnahme und bemühte sich, auf jede nur mögliche Weise das Leid in einer noch nicht entwickelten Gegend Siziliens zu lindern, die in diesen Tagen zum Symbol großer Verzweiflung wurde.

Hunderte von Toten, Tausende von Obdachlosen.

»Es regnet, wo es schon naß ist« – so sahen es alle, und es wirkte wie eine unendliche Male wiederholte Aufforderung, doch aufzugeben und sich seinem Schicksal zu fügen.

Auf den offenen Pritschen alter Lastwagen voller Lebensmittel, Medikamente und dringend benötigter Artikel, die wir eilig aus den Kredenzen in unseren Häusern genommen hatten, bereitete sich meine Generation auf das Leben vor, indem sie Begeisterung und Großzügigkeit miteinander verband. Die für die Besetzung der Fakultät benutzten Matratzen wurden zu Betten für viele Verzweifelte.

Eines Abends bat mich Milli, meine Gefährtin gestern und heute, mit ihr in ein Hotel der miesesten Kategorie im Herzen der Altstadt von Palermo zu gehen.

Wir betraten die sogenannte Lobby dieser Pension, die von der Präfektur für die Unterbringung derer requiriert worden war, die mit ihren Kindern, Verwandten und Freunden ihre

Häuser verloren hatten und auf Lastwagen nach Palermo gebracht worden waren.

Mit gewaltigem Stimmengewirr empfing eine große Menschenmenge, Kinder, Frauen und Männer jeden Alters meine Milli, die in jenen Tagen eine von ihnen geworden war. Ein Außenstehender hätte geschworen, daß auch Milli eine Erdbebengeschädigte aus dem Tal des Belice war.

»Komm«, flüsterte sie. »Komm mit.«

In einer Ecke ein Mann, eine Frau, fünf Kinder. Ein Ehepaar aus Alcamo, einer vom Erdbeben betroffenen Gemeinde, mit fünf Kindern von drei Monaten bis zehn Jahren.

»Das hier ist meine Familie, das Erdbeben hat alles zerstört, was ich besessen habe. Ich weiß nicht, wie ich meine Kinder satt bekommen soll. Ich will nicht mein Leben lang Bettler und auf Unterstützung des Staates angewiesen sein.«

»Sie müssen Geduld haben«, sagte ich, »in dieser Zeit muß man einfach Geduld haben.«

»Nein, ich will nicht am Überleben zugrunde gehen. In einer Stunde fährt der Zug nach Deutschland ab.«

»Aber um Mitternacht mit fünf so kleinen Kindern abzureisen, das ist doch Wahnsinn.«

»Nein, ich reise mit meiner Frau und Francesco, dem Ältesten, ab. Mit zehn Jahren muß er dem Leben ins Auge schauen.«

»Und die anderen vier?« fragte ich ratlos.

Er schaute Milli an und senkte seinen Blick: »Die bleiben bei euch.«

»Wer? Bei wem?« stammelte ich und fügte augenblicklich hinzu, »ich zeige dich bei der Polizei an wegen böswilligen Verlassens von minderjährigen Kindern.«

Diesmal blickte er mir in die Augen: »Tu's, wenn du den Mut dazu hast. Welche Probleme hast du denn? Du lebst in einer reichen, geachteten Familie ... und rufst die Polizei, um mich verurteilen zu lassen. Was für ein Blödsinn! Ich habe mehr Angst vor einem Leben als Lumpenhund, ohne Hoffnung, als vor dem Knast. Addio. Ich werde euch von Deutschland aus schreiben.«

Bis hierher war das der stolze Ton eines Mannes, der sich entschlossen hatte, seiner Entscheidung zu folgen. Und gleich darauf, fast so, als würde er ein Gebet murmeln: »Eines Tages komme ich zurück und werde meinen Kindern das zurückgeben können, was die Gewalt des Erdbebens und die immer gleichbleibende Bösartigkeit vieler Menschen mir genommen haben.«

Ich stand völlig verdattert da, unfähig, ein Wort zu sagen.

Inmitten all dessen redeten Millis sanfte und feuchte Augen seit über einer Stunde. Sagen wir doch ja, sagen wir, daß die Entscheidung in Ordnung ist, daß wir beide, gerade einmal zwanzig Jahre alt, schlagartig Eltern von vier Kindern werden müssen.

In dieser Nacht begann die Reise, auch die Reise von vier Kindern: zwei in meinem Bett und ich auf dem Sofa, zwei in Millis Bett und Milli auf dem Sofa.

Morgens, in aller Frühe, zum Präfekten, um mitzuteilen, was passiert war. Der Präfekt brüllte, erhob Vorwürfe ... aber der Zug war schon in Frankfurt, und die Kinder waren hier in Palermo. Jemand mußte sich schließlich um sie kümmern.

Wir fanden ein von Nonnen geführtes Haus, mitten im Grünen, im Stadtviertel von Noce. Und von nun an fragten Milli und ich über Wochen, über Monate, über Jahre jeden Tag nach den Kindern und brachten Spielzeug und Bonbons.

Die kleine Giovanna, drei Monate alt, war unser großes Sorgenkind. Sie wurde zwar umhegt und versorgt, doch lag sie in ihrer Wiege ohne die Ansprache ihrer Eltern.

Der Älteste war Nino, er war acht und wurde von allen geliebt, und ich wurde von allen »Ninos Papa« genannt; ich der Papa und Milli »Ninos Mama«.

Offenbacher Landstraße, Arbeitervorort, Ort der Hoffnung und Verzweiflung vieler Gastarbeiter in Frankfurt. Ein Zimmer für alles und alle, zum Essen, zum Schlafen, zum Leben zu dritt.

Hin und wieder fuhr ich hin, um Nachrichten zu überbringen. Von Heidelberg aus, wo ich studierte, war es nicht weit.

Auf dem Bett sitzend, aß ich mit Vater, Mutter und Francesco. Ohne Besteck, ohne Teller. Alles nur, um zu sparen!

»Ich werde geachtet, Luca. Ich habe sogar die Schlüssel zum wichtigsten Teil der Fabrik, die Schlüssel zum Säurebecken. Und ich mache alle drei Schichten, jeden Tag.«

»Und alle zwei Monate geht er ins Krankenhaus zur Entgiftung. Wie hervorragend die Krankenhäuser in Deutschland doch funktionieren«, sagte Filippos Frau, die so stolz auf ihn war.

Ja, Filippo wurde geachtet. Er wurde so sehr geachtet, daß er nach vier Jahren schrieb: »Ich habe genügend Geld verdient – wir kehren wieder nach Sizilien zurück.«

So kam es, daß Milli und ich Nino und »unseren« drei anderen Kindern ihren Vater, ihre Mutter und ihren älteren Bruder vorstellen mußten.

»Aber bist du denn nicht mein Papa? Und Milli ist auch nicht meine Mama?«

»Nein, Nino. Sie sind dein richtiger Papa und deine richtige Mama. Jetzt sind sie zurückgekommen, und ihr werdet alle zusammen in Alcamo wohnen.«

»Alcamo? Gibt es das noch? Das Erdbeben ist nicht der Sieger geblieben?«

»Nein, Nino, das Erdbeben ist nicht Sieger geblieben. Für euch hat euer Vater gesiegt. Glückwunsch.«

Addio, addio.

Was für ein Schmerz.

Absolutes Besuchsverbot – um Nino und seinen Geschwistern zu helfen, sich ihren wirklichen Vater und ihre wirkliche Mutter zurückzuholen.

Monate vergingen, Jahre vergingen.

Das Erdbeben von 1968 wurde eine ferne Erinnerung, eine der vielen sizilianischen Melancholien, so wie auch die Lobby des Hotels eine ferne Erinnerung wurde und auch Giovanna, die Jüngste, die ohne ihre Eltern nicht wachsen wollte, und ebenso waren auch die fröhlichen Stimmen von Ninos Freunden eine ferne Erinnerung geworden, die die Kutten der Nonnen streiften und mich sonntags mit dem Ruf empfingen: »Nino, Nino, der Papa von Nino ist da.«

Irgendwann, im Flughafengebäude von Palermo, ich war in Gedanken vertieft, ich trug eine Tasche voller Dokumente bei mir und war auf dem Weg zum VIP-Raum. Während ich dorthin ging, bemerkte ich eins, zwei, drei... sieben Menschen, einen Vater, eine Mutter, vier wunderschöne Kinder und ein herrliches kleines Mädchen... sie trugen kleine Rucksäcke bei sich und waren angezogen, wie man sich anzieht, wenn man in einen schönen Urlaub fährt.

Der Mann kreuzte meinen Blick. Er flehte mich an, gab mir mit einer Geste zu verstehen, ich sollte nicht näher kommen und ihn begrüßen. Ich sollte mit der Erinnerung an eine für ihn schreckliche Zeit nicht die Lebensfreude trüben, mit der er wieder ein richtiges Familienleben aufbaute.

Ich wandte mich ab und ließ Ninos Vater hinter mir, den richtigen.

Eine Dreierbeziehung

Am 17. November 2002 bin ich in Hannover. Es ist Sonntagabend, und ich gebe ein Interview. Morgen werde ich auf Einladung des Landtagspräsidenten im Niedersächsischen Landtag sein, um meine Autobiographie *Ich sollte der nächste sein* vorzustellen. Das Handy klingelt. »24 Jahre Gefängnis für Giulio Andreotti wegen der Ermordung des Journalisten Mino Pecorelli.«

Ich halte mich an meinem Bierglas fest, im Halbdunkel eines Bierlokals.

»Wie? Stand denn der Urteilsspruch in Perugia für heute an?«

Ich bin wie benommen.

Am 19. November bin ich im Reichstag, im Büro des früheren Bundeskanzlers Helmut Kohl. Am Nachmittag werde ich Gast der SPD-Fraktion im selben Gebäude sein.

Helmut Kohl hatte erfahren, daß ich in Berlin bin, und meinen Besuch bei ihm gerne angenommen. Ich betrete sein Büro. Ich schaue mich um. Ich bemerke einige Elefanten (ich selber trage an diesem Vormittag eine Krawatte mit Elefantenmuster). Da kommt der ehemalige Bundeskanzler: »Das hier ist nur ein kleiner Teil. Der bedeutendere Teil ist bei mir zu Hause.«

Er fühlt sich zu Erklärungen genötigt, denn er weiß, daß er einem anderen Sammler von Elefanten gegenübersteht. Er zieht den Pullover aus, nimmt sein Jackett von einem Kleiderbügel aus dem weißen Schrank, der genauso aussieht wie alle Schränke in deutschen Parlamenten und in Brüssel, und bestellt einen Fotografen herein.

Gruppenbild: Kohl, der Verleger Manuel Herder, ich und in der Mitte mein Buch.

Wir setzen uns unter ein großes, sanftes und starkes Foto von Hannelore, der kürzlich verstorbenen und allgemein geschätzten Frau des früheren Bundeskanzlers.

»Was sagen Sie zu Andreotti? Und zu seiner Verurteilung zu 24 Jahren?«

»Herr Bundeskanzler, ich bitte Sie, lesen Sie mein Buch. Ich sage Ihnen, was ich denke. Strafurteile habe ich nie kommentiert, weder einen Freispruch in Palermo noch die Verurteilung des Senators Giulio Andreotti jetzt in Perugia.«

Mein Urteil ändert sich nicht.

Giulio Andreotti war in Italien über viele Jahre der Garant für ein politisch-mafioses System. Für mich ist er der politisch Verantwortliche. Ob er das auch juristisch ist, obliegt nicht mir festzustellen. Wie immer auch die Justiz sich in dieser Frage äußern wird, fest steht, daß sogar die Steine in Sizilien wissen, daß Giulio Andreotti politisch Machtübernahmen seitens der Mafia garantierte.

»Ich verstehe, Professore.« Das ist die Kenntnisnahme meiner Haltung.

»Nein, Herr Bundeskanzler, ich ändere nicht meine Meinung. Und ich erlaube mir, daran zu erinnern, daß ihr deutschen Christdemokraten auch nicht einen Finger wegen Andreotti gerührt habt, mehr noch, Sie haben in ihm Ihren hochgeschätzten Gesprächspartner und Freund gesehen. Sie alle haben geirrt, Herr Bundeskanzler, aber wir haben die Rechnung präsentiert bekommen.«

»Und was sagen Sie mir über Berlusconi? Forza Italia muß

verschwinden. Und um das zu erreichen«, fährt der ehemalige Bundeskanzler fort, ja, genau er, »wäre es opportun, wenn Berlusconi Staatspräsident würde. Dann würde er mit dem Flitter dieses Amtes herumspielen können, würde sich nicht um die Partei Forza Italia kümmern, und sie würde sich auflösen.«

»Nein, dieser Meinung bin ich keineswegs«, antworte ich, »als Staatspräsident wäre er viel zu gefährlich. Berlusconi hätte die Macht, Minister zu ernennen, die beiden Kammern aufzulösen, dem Obersten Richterrat vorzusitzen...«, und hier höre ich auf.

Die anregende Diskussion dauert über eine Dreiviertelstunde. Ich bleibe bei meiner Gegenposition zu dieser Analyse und zu der ins Auge gefaßten Lösung der »Katastrophe Berlusconi«.

Zeit, zu gehen. Als ich mich verabschiede, sage ich: »Herr Bundeskanzler, Sie haben mich von der Nützlichkeit, Silvio Berlusconi zum Staatspräsidenten zu wählen, überzeugt... allerdings unter einer Voraussetzung.«

Helmut Kohl sieht mich erfreut an: Er hat gewonnen, er hat mich überzeugt.

»Die Bedingung ist, daß Sie nach Italien kommen und unter Berlusconi als Staatspräsident leben, und ich komme nach Deutschland und lebe hier.«

Auf Wiedersehen.

Wenn Forza Italia nicht von der Europäischen Volkspartei im Europaparlament aufgenommen worden wäre, wäre sie eine institutionelle, eine kulturelle, eine politische Anomalie allein auf lokaler Ebene geblieben. Berlusconi hätte das gleiche Ende wie Jörg Haider in Österreich gehabt, der eine gezwungen, in seinen Kärntner Tälern zu bleiben, der andere in seinen Unternehmen der Mediaset. Doch mit der formalen Aufnahme in die Europäische Volkspartei, die auf Helmut Kohls Betreiben zustande kam, hat Forza Italia ihren Paß nach Europa erhalten.

Wie gesagt: »Herr Bundeskanzler, Sie irren, aber wir Italiener müssen die Rechnung bezahlen.«

Siamesische Zwillinge aus Peru

Plötzlich und unerwartet tritt in mein Leben als Mensch, in mein Büro als Bürgermeister die dramatische Geschichte zweier Mädchen, die zum Sterben verurteilt sind, weil ein grausames Schicksal sie aneinandergekettet hat.

Zwei siamesische Babys. Eine arme, eine bettelarme Familie aus Peru, aus Lima, wird zum klinischen und zum medialen Fall weltweit.

Die verstörte Mutter reist von einer Koryphäe zu einem Betrüger, gemeinsam mit ihrem Mann, einem Taxifahrer ohne Taxi, der gezwungen ist, um seinen Lebensunterhalt zu kämpfen, indem er mit einem Wagen fährt, der einem Mann gehört, der keine Betriebserlaubnis besitzt … und der arme Vater darf auch nur dann arbeiten, wenn der Eigentümer des Taxis müde ist oder sich erholen will. Bittere Not.

Die kleine Familie, Vater, Mutter, die siamesischen Zwillinge und ein Junge von zehn Jahren, kommt nach Palermo. Ein Mediengewitter prasselt auf unsere Stadt und auf das chirurgische Zentrum nieder, das sich erboten hat, die unmögliche Operation zu wagen und die beiden kleinen Wesen zu trennen, um ihnen ein Stückchen Hoffnung für ein eigenständiges Leben zu geben.

Ich respektiere und unterstütze das Risiko und die Entscheidung des Chirurgen, der die Operation wagen will, aber ich entziehe mich des Medienrummels, der allgegenwärtig und immer verborgen ist.

Milli durchlebt diese Tage und Nächte des Wartens, der

Befreiung von einem Todesalp, vielleicht aber auch von einem Lebensalp, gemeinsam mit der Mutter der Kinder und dem kleinen zehnjährigen Jungen.

Und hin und wieder komme ich die kleine Familie bei mir zu Hause besuchen, heimlich, bei Nacht.

In Palermo kommen und gehen aus aller Welt Politiker und Chirurgen, Tänzerinnen und Journalisten, Schauspieler und Philosophen, und jeder natürlich vor den Fernsehkameras ... um gesehen zu werden und um seine Haltung kundzutun.

Nur ein Arzt, ein Sizilianer, der in Amerika zu einem weltweit anerkannten Spezialisten für Organverpflanzungen geworden ist und sich entschlossen hat, in sein Sizilien zurückzukehren und ein beispielhaftes Zentrum für Transplantationschirurgie im Mittelmeerraum zu gründen, äußert Ablehnung und entzieht sich der Vereinnahmung durch die Medien ebenso wie der beruflichen Vereinnahmung.

Der Chirurg, der sich zu dem Eingriff entschlossen hat, entzieht sich dem Medienwirbel keineswegs. Ist er ein unbewußtes Opfer oder ein bewußt kalkulierender Hauptdarsteller? Er setzt sogar noch eins drauf: er läßt eine Direktübertragung anläßlich des Beginns der Operation einrichten.

Ich in meinem Versteck. Arme Familie aus Peru.

»Nach einer langen Operation sind beide Schwesterchen tot«, so steht es in den Nachrichtenagenturen der Welt.

Auf der Stelle legt sich der Medienwirbel, die arme Familie bleibt alleine... in einem Aufbahrungsraum, wo die beiden jetzt getrennten, aber leider nicht mehr lebenden Geschöpfe, wo die beiden kleinen Körper ein letztes Mal der morbiden Neugier von Millionen von Fernsehzuschauern und dem grenzenlosen, einsamen, unerreichbaren Schmerz einer Mutter, eines Vaters und eines kleinen Bruders überantwortet werden.

Aufbahrungsraum des Krankenhauses.

Der Vater umarmt mich, dankt mir und weint: Er hat sich entschlossen, nach Peru zurückzukehren.

»Ich kann nicht, ich kann nicht bleiben ... danke für die Liebe, die Sie uns erwiesen haben, und auch für den Vorschlag, in Palermo zu bleiben und zu arbeiten ... ich kann nicht ... ich kehre nach Lima zurück, wo ich ein Auto vorfinden werde und endlich Taxifahrer mit meinem Taxi sein kann. Ich bin glücklich über das Versprechen eines hohen Politikers, eines Stellvertretenden Ministers der Regierung, der eigens meinetwegen aus Rom hergekommen ist ...«

»Ich habe Respekt für deine Entscheidung. Schön zu wissen, daß ein Politiker, ein Mitglied der Regierung, dein wirtschaftliches Problem löst, dein Arbeitsproblem.«

Die schwarzen, kleinen, tiefen Augen verbinden sich mit einer dünnen, demutsvollen Stimme: »Signor Bürgermeister, könnten Sie mich wissen lassen, wann ich das Auto bekommen werde, ich meine das Taxi, und wo ich es abholen kann?«

Sofort rufe ich auf der Sonderleitung Palazzo Chigi an, den Amtssitz des Ministerpräsidenten, und spreche mit diesem Stellvertretenden Minister. Vor mir immer noch der aufmerksame Blick dieses Vaters, der auf sein Taxi wartet. Ein Taxi als Zeichen der Liebe für die Familie, die noch lebt, für die Frau, für den zehnjährigen Jungen.

»Was denn für ein Taxi? Ach so ... ja, ich habe ein Taxi versprochen, aber das ist nicht möglich ... du verstehst schon ... es ist nicht möglich ... wie soll die italienische Regierung einem Peruaner ein Taxi schenken?«

»Verstehe.«

Schande. Mit der Tragödie einer armen peruanischen Familie zu spielen.

Und vor mir die Augen, immer noch dieselben schwarzen, kleinen, tiefen Augen.

»Was hat er gesagt?«

»Nichts. Kein Problem, nur eine kleine Verzögerung. Aber du wirst schon sehen, jetzt lösen wir alle Probleme.«

Es ist Sonnabend, halb zwei. Über die Sonderleitung des Palazzo Chigi rufe ich Umberto Agnelli an. Er antwortet sofort.

»Buongiorno, Professore, wie geht es Ihnen?«

Ich bitte um ein Taxi, einen Fiat, in Lima, in Peru.

»Ich verstehe, Professore. Ich bin es nicht, der das entscheidet. Ich werde mit Ingenieur Paolo Cantarella sprechen, dem Vorstandssprecher von Fiat Auto.«

»Ich danke Ihnen.«

Es ist immer noch halb ... nicht mehr ganz halb zwei, sondern drei Minuten nach halb zwei. Mein Handy klingelt. Es ist Ingenieur Paolo Cantarella.

»Buongiorno, Professore. Haben Sie einen besonderen Wunsch hinsichtlich der Farbe oder des Modells?«

»Entscheiden Sie das, Ingegnere. Vielen Dank.«

»Dienstag abend wird ein von unserer Fabrik in Brasilien ausgeliefertes neues Auto von grüner Farbe in Lima übergeben. Einen schönen Sonntag, Professore.«

Den Augen des vor mir sitzenden Vaters kann ich mitteilen: Alles in Ordnung.

»Danke, Signor Bürgermeister. Meinen Dank an den Stellvertretenden Minister und an die italienische Regierung.«

Nein, kein »Danke« an die italienische Mitte-Links-Regierung, kein »Danke« an den Stellvertretenden Minister aus meiner eigenen Partei. Nein, nichts von alledem.

Einfach nur: Danke, Umberto Agnelli.

Wut, Tränen, Spucke und ein Jet

Der 21. Juli 1992 ist einer der Augenblicke größter Anspannung in der italienischen Geschichte. Nach Giovanni Falcone und seiner Frau Francesca mit drei Männern ihres Begleitschutzes trifft es am 19. Juli Paolo Borsellino und die Männer seines Begleitschutzes.

Nino Caponnetto, dieser außergewöhnliche Mensch und Richter, dieser Führer und Meister, dieser geistige Vater von Giovanni und Paolo, beweint den Tod auch »seines« Paolo nach dem Tod »seines« Giovanni und erklärt: »Alles ist aus.«

Ein riesiger Abgrund tat sich vor uns und vor allen Italienern auf.

Die Bestattungsfeierlichkeiten für Paolo Borsellino und seine Schutzengel markieren den Tiefpunkt und auch den Höhepunkt im Engagement für den Kampf gegen die Mafia.

Ich weigere mich, gemeinsam mit den hohen Exponenten des Staates durch den eigens reservierten Eingang die Kathedrale zu betreten.

Ich bleibe draußen, bei den Mitbürgern und Mitbürgerinnen von Palermo, und bitte darum, durch das Hauptportal eintreten zu können, wie man es normalerweise bei einer Kirche tut.

Das Portal ist versperrt. Aus Sicherheitsgründen. In Wirklichkeit zur Sicherheit für die hohen Exponenten des Staates, die von Rom hierhergekommen sind: vom Staatspräsidenten bis zum Innenminister. Nicht zur Sicherheit vor der Mafia, sondern zur Sicherheit vor der Wut und der Spucke, mit der die Einwohner und Einwohnerinnen von Palermo den Staat verurteilen, eine Wut und eine Spucke, die so stark sind wie ein Gebet, ein laizistisches Gebet.

Der für das Portal zuständige Leiter der Polizei sieht mich näher kommen und fordert mich auf, daß ich alleine mit meinem Begleitschutz durch den für die hohen Persönlichkeiten reservierten Eingang eintreten solle.

»Und sie?« frage ich und zeige auf die Bürger um mich herum.

»Signor Bürgermeister, Sie verstehen doch sicherlich. Sie dürfen nicht in die Kathedrale.«

»Ich verstehe keineswegs«, antworte ich. »Genauer gesagt, ich verstehe vollkommen. Ich gehe anderswohin beten, um die hohen Persönlichkeiten nicht durcheinanderzubringen, die sich so vor dem Schmerz der Einwohner fürchten, von denen viele Familienangehörige der ermordeten Polizisten sind.«

»Wir gehen mit unserem Bürgermeister weg«, schreit eine Familienangehörige eines ermordeten Polizisten.

Panik bricht aus. Jemand läuft hinein und fragt nach Anweisungen. Nach wenigen Minuten öffnet sich das Portal.

Endlich ein aufrichtiges, echtes Gebet. Ein Gebet der Anrufung göttlicher Barmherzigkeit, ein Gebet, das den hohen Persönlichkeiten ins Gesicht spuckt.

So beginnt Palermo seinen Weg der Auferstehung und der Neuwerdung: Es spuckt in der Kathedrale dem Innenminister mitten ins Gesicht, er, mit seinen uniformierten Polizisten, die durch die Spucke ihrer Familienangehörigen erst stark gemacht wurden, der Familienangehörigen der ermordeten Polizisten und der Mitbürger und Mitbürgerinnen.

Dieser Minister wußte, daß ihn in Palermo die Spucke erwartete, und als einziger unter all den hohen Persönlichkeiten hatte er die Schließung des Portals zu verhindern gesucht.

Abends zuvor hatte er mir gesagt: »Signor Sindaco, ich komme nach Palermo. Ich bin gewärtig, daß die Menschen auf mich spucken werden, auch meine Polizisten. Aber ein Innenminister nimmt Beifall ebenso hin wie bespuckt zu werden. So, und nur so, gibt er seinen Mitbürgern Sicherheit.«

Staatsräson und die Anwesenheit des Staatspräsidenten hatten ihn zu der Überzeugung kommen lassen, es sei besser, das Hauptportal zu schließen.

Alles ging in einer Woge der Empörung unter, die endlich, endlich das moralische Erwachen eines Volkes markierte. Der nun nicht mehr vom geschlossenen Portal beschützte Staatspräsident packte mich am Arm und bat: »Beschütz mich, Sindaco.«

Riesige Menschenmengen zu beiden Seiten des Durchgangs, in den Augen überall Tränen und die Münder bereit zu spucken.

Mein flehender Blick fällt in die Augen der Kameraden von Ninni, Antonio, Agostino, Walter, in die Augen der Kollegen der ermordeten Polizisten. Mit meinen Blicken flehe ich, nicht den Staatspräsidenten zu bespucken. Diese Augen quellen über vor Tränen. Die Münder schließen sich. Jemand beißt sich vor Wut auf die Lippen. Keiner spuckt auf den Staatspräsidenten.

Eine Stunde später bringt mich ein Sonderflugzeug nach Rom, zu einer Fernsehsendung, damit ich die ganze Wut eines Volkes zum Ausdruck bringe und die ganze Angst eines Mannes.

Am Ende der Sendung, nach einer zweistündigen Direktübertragung, voller Spannung, die nur Tränen auszudrücken vermögen, fragt mich der Moderator, was meine Botschaft, was die Botschaft der Bevölkerung von Sizilien ist.

»Wir wollen leben! Ich will leben!« schreie ich mit vom

Schmerz, von Wut und von Angst gebrochener Stimme; mit vom Schmerz, von Wut und von Angst gebrochener Stimme meines Volkes.

Am 22. Juli, am Tag nach der Fernsehsendung, ist Luca Barilla am Telefon, Eigentümer der bekannten Multinationalen.

»Gestern habe ich gemeinsam mit meinem Bruder die Fernsehsendung verfolgt. Wir haben uns gefragt, wie wir unsere Bewunderung, unsere Solidarität Ihnen und den Sizilianern gegenüber zum Ausdruck bringen könnten. Es ist nur ein ganz banales Angebot. Ich bitte Sie, Signor Bürgermeister, betrachten Sie den Jet unseres Unternehmens als zu Ihrer ständigen Verfügung. Der Kommandant ist ein hervorragender Pilot. Ich bitte Sie, rufen Sie jederzeit an, und innerhalb einer Stunde hebt der Jet ab, um Sie an jeden Ort der Erde in Sicherheit zu bringen. Viel Glück, sehr viel Glück, Signor Bürgermeister.«

Ich bin Dottor Luca Barilla noch nie begegnet, und ich habe den mir zur Verfügung gestellten Jet noch nie gesehen. Am 22. Juli 1992 aber habe ich begriffen, daß auch ein Jet die Wut, die Tränen und die Spucke eines Mitbürgers, eines Unternehmers auszudrücken vermag.

Danke, Luca Barilla.

Palmsonntag

Palmsonntag. Ostern steht vor der Tür. Das Land, sonnenvergilbt, weizengrün, empfängt uns, die wir Hügel und Pfade den von Menschenmassen überfüllten Stränden vorziehen.

Ein wunderschöner Sonntag, verbracht im Kreis von Freunden. Wir reden über Gott und die Welt und – zu Ehren unserer ausländischen Freunde – ein bißchen auf englisch, ein bißchen auf deutsch und viel, sehr viel auf sizilianisch. Wir reden, wir essen Käse und Ricotta, und wir trinken Wein, vom Roten, vom guten, der im Weinkeller gleich vom Faß abgefüllt wurde und niemals Bekanntschaft mit einer Flasche machen wird.

Zur Dämmerstunde schwindet mit der Sonne auch die Frühlingswärme.

»Nein, Grappa gibt es keinen«, antworte ich, als die Freunde nach dem Essen Grappa möchten.

»Grappa, den gibt es nicht«, wiederhole ich, das sei im Haus meiner Familie nicht üblich.

Ja, mein deutscher Freund kann natürlich nichts von den Gewohnheiten meiner Familie wissen. Sie alle waren Abstinenzler.

Es ist nur ein Augenblick.

Ich will meinen Freunden den Ort zeigen, aus dem meine Familie stammt.

Wir spazieren durch die Gäßchen der alten Viertel, die jetzt wie ausgestorben sind, weil ganze Familien an der Prozession teilnehmen, und wir gehen unter der einstigen Felsenburg her, die gestern noch ein unzugängliches Gefängnis beherbergte und heute eine Klostergemeinschaft der Franziskaner ist, allen zugänglich, nur nicht den Frauen.

Die Schlangenbewegung der Palmsonntagsprozession, die etwas Heiteres und zugleich Trauriges hat, verflicht sich mit unseren Streifzügen.

Wir kommen zum Rathausplatz.

Der elegante, alte Palazzo der Ratsherrenschaft dominiert die kleine, schöne Piazza.

»Hier wurde mein Großvater geboren«, erzähle ich. Jahrhundertelang, bis 1950, gehörte dieser Palazzo, der schönste im Ort, meiner Familie.

Neben dem Rathaus steht die Hauptkirche, in der zwei Heilige verehrt werden: San Bernardo und San Leoluca, der Schutzpatron des Orts, der auch mein Heiliger ist.

Dieser Ort, in dessen Mauern zwei Heilige geboren wurden, ist der Ursprungsort der Familie meiner Mutter.

Eine alteingesessene, unvoreingenommene Familie. Eine alte, umsichtige Familie.

Einer der Vorfahren aus der Familie war der erste offizielle Biograph Karls des Fünften von Habsburg, den andere auch Karl den Ersten nennen, je nachdem, ob sie vom Kaiser des Heiligen Römischen Reiches oder vom König von Sizilien sprechen. Er schrieb so freundlich über seinen König, daß er mit reichlich Ländereien und Adelstiteln belohnt wurde.

Ein anderer Vorfahr gab sein Priesteramt auf und wurde exkommuniziert. Warum? Weil er Land, Palazzi und Klöster der Kirche vom Staat erwarb, als der Staat der Kirche den Krieg erklärte und deren Eigentum verkaufte. Auch dieser Vorfahre wurde sehr reich.

Und noch eine Erinnerung.

Nach dem Tod eines Onkels und einer Tante von mir beschlossen ihre sieben Kinder, das Erbe nach den Regeln einer Tombola aufzuteilen. Der Haupttreffer war ein wunderschönes altes Silberbesteck. Irgendwann wurde auch ein Landbesitz von zwanzigtausend Hektar verlost. Am Ende hatten zwei der sieben Erben nichts bekommen... und beide sagten nur: »Was für einen schönen Abend haben wir doch im Kreis der Familie zugebracht, unter dem Vorwand, das Erbe unserer Eltern aufzuteilen!« Und diese beiden Geschwister, die nichts erhalten hatten, gingen zwar arm, aber frohgemut davon.

Und nun zum umsichtigen Teil der Familie.

Ein Vorfahr beherbergte den Heiligen Franziskus in seinem Kastell in Celano in den Abruzzen. Giotto hat diese Begebenheit in einem Fresko in der Basilika des Heiligen Franziskus in Assisi dargestellt.

Ein anderer Vorfahr war Kardinal und mit der Aufgabe betraut, die Beziehungen zwischen dem Vatikan und Napoleon Bonaparte zu pflegen. Und dann war da noch ein außerordentlich feinsinniger Dichter, allerdings ein unermüdlicher Gegner der »Sozialistischen Subversiven«. Unter den »Sozialistischen Subversiven« war Vito Mercadante, der an der Spitze der »Bewegung der landlosen Bauern« stand.

Vito Mercadante, sein Enkel, ist mein Gefährte im Kampf gegen die Mafia.

Wie gesagt, unvoreingenommene, umsichtige Menschen, meine Vorfahren mütterlicherseits.

Meine Großmutter sprach nicht italienisch. Sie sprach perfekt sizilianisch und französisch. Sizilianisch mit den anderen Frauen von Adel und mit der Dienerschaft. Französisch mit ihrem Schneider und ihrem Frisör. In Paris.

Mein Großvater sprach nicht italienisch. Er sprach perfekt sizilianisch und spanisch. Sizilianisch mit den anderen Männern von Adel und mit den Bauern und spanisch mit seinem Stallmeister. In Madrid.

Keiner meiner Vorfahren hatte einen Schul- oder gar Universitätsabschluß. Schulabschluß? Universitätsabschluß? Nein danke. Zu bourgeois. Zu ungehobelt. Urkunden und Verträge unterschrieben sie mit einem Kreuz, und unter dem Kreuz stand zur Erläuterung »Unterschreibt nicht, weil von Adel«.

Die Bürgerlichen, mit Schul- oder gar Universitätsabschlüssen, unterschrieben mit Vor- und Familiennamen. Aristokraten und Bauern nur mit einem Kreuz: die ersten, weil sie adelig waren, die zweiten, weil sie Analphabeten waren.

Meine Vorfahren aus der väterlichen Linie waren Bürgerliche. Keine Liederlichkeiten. Kluge, weise Männer.

Mein überaus frommer Großvater sagte zu meinem überaus frommen Vater, und der sagte es dann auch zu mir: »Das Unmaß ist immer von Übel, auch in der Hingabe zu Gott.« Oder auch: »Die Hingabe und die Liebe zu Gott bemessen sich nach der Distanz zu seinen Repräsentanten, zu seinen Priestern und Bischöfen… nach der Distanz zu den Sünden der Welt.«

Und unter den Sünden der Welt: Grappa. Grappa, wie Priester und Bischöfe.

Das ist meine Familie. Mütterlicher- wie väterlicherseits.

Heute sind wir im Ort meiner Familie der mütterlichen Linie. Ein Ort von wenigen tausend Einwohnern, mit zwei Heiligen. Was für ein Überfluß!

Gleich gegenüber dem Palazzo, dem heutigen Rathaus, ist die Café-Bar Ruggirello.

Inzwischen ist es kalt geworden.

Hinter dem Tresen, freundlich und zuvorkommend wie immer, die beiden Brüder Ruggirello, die nur durch zwei Jahre und zwanzig Kilo getrennt sind, sich, abgesehen davon, aber wie ein Ei dem anderen gleichen.

»Buona sera. Einen Espresso wie gewohnt?«

»Einen Espresso?! Nein. Einen Grappa, danke sehr.«

»Einen Grappa?!... Sofort!«

Und schon beginnt der kräftigere und ältere der beiden Rugirello-Brüder Geschichten über Destillate zu erzählen.

»Ich war Soldat in Spilimbergo, in der Nähe von Pordenone«, also weit oben im italienischen Norden. Damit wollte er meinen Freunden und mir zu verstehen geben, daß er herumgekommen war und Ahnung von der Welt hatte.

»Es war eine Hundskälte, ich hatte lange Unterwäsche an, darüber noch einen Schlafanzug aus Wolle und dann noch den militärischen Tarnanzug. Morgens gehe ich in eine kleine Café-Bar und ... da serviert mir doch der Barmann, dieser Sohn einer ... guten Frau ... einen Espresso und Wasser ... ach, und was für ein Wasser! Siebzigprozentigen Grappa.«

Die Geschichte endet bei 5° unter Null mit einem Striptease wegen Überhitzung und Trunkenheit im Kasernenhof und 5 Tagen Bestrafung wegen unangemessenen Verhaltens.

»Danke dir, lieber Grappa«, sagt der ältere der beiden Brüder am Ende.

Hinter den beiden Brüdern, zwischen den Flaschen, hängt das vergilbte Foto von Papa Ruggirello, der schon lange verstorben ist. Neben dem Bild eine Flasche Schnaps.

»Aus Lörrach – sie gehörte meinem Vater«, erklärt der jüngere, schmächtigere Bruder. »Wir bewahren sie unangetastet auf, wie eine Reliquie.« Langsam entwickelt sich der Abend in der Bar Ruggirello zu einem Grappa-Abend, und das im Ort meines Großvaters mütterlicherseits und dem Ort der Heiligen Leoluca und Bernardo.

Frattina. So heißt der Grappa, der uns ein zweites und auch ein drittes Mal serviert wird.

»Frattina – ein großer Grappa aus dem Norden. Averna hat ihn aufgekauft, ein Unternehmer aus dem Süden, ein Sizilianer«, erzählen die beiden Brüder stolz. »Averna, der von dem berühmten Amaro.«

Und ebenso stolz stellen sie uns zwischen dem vierten und dem fünften Grappa ein kleines Mädchen vor: zwei Monate alt, liebevoll an der Brust gehalten von der Mama. Dieses kleine Mädchen ist eine kleine Ruggirello.

Das Leben geht weiter.

»Auguri, viel Glück.«

»Auguri.«

»Und Frohe Ostern.«

»Frohe Ostern in der Familie.«

Wir gehen hinaus. Ich, wie immer begleitet von meinen »Schutzengeln«, die aus beruflichen Gründen von den Versuchungen des Grappas ausgeschlossen sind.

Der kalte Abend dieses Orts umfängt mich, der für kurze Zeit und einige Gläser der Ort des Grappas geworden ist.

Der Ort, wo wir Palmsonntag verbrachten und Grappa tranken, ist Corleone. Ja, genau, dieser kleine Ort im Herzen Siziliens, in der Welt bekannt und berühmt-berüchtigt wegen der Mafia. Und wie schön wäre es, wenn Corleone bekannt wäre wegen seiner Heiligen und wegen des Grappas.

Aber, wer weiß? Man soll nie Nie sagen!

Wie ich St. Petersburg kennenlernte

Einige Menschen lesen Reiseführer, einige andere machen eine Studienreise, wieder andere streifen durch die Straßen. Wenn ich die Welt oder eine Stadt kennenlernen will, verhandele ich über den Kauf einer Wohnung.

So habe ich über Wohnungen in Manhattan und im Elsaß verhandelt, in Brüssel und in Beverly Hills, in Katalonien und in Tiflis. Ich habe verhandelt und wieder verhandelt und nie gekauft.

Wenn man den Kauf einer Wohnung oder eines Hauses verhandelt, dringt man ins Herz einer Gemeinschaft vor. Solche Verhandlungen machen einen bekannt mit den Sitten oder der Kultur eines Volkes. Etwa: Ist die Küche wichtiger als das Schlafzimmer? Gibt es ein Klavier? Haben die Fenster Gardinen? Ist das Wohnzimmer von Bedeutung? Gibt es überhaupt ein Wohnzimmer? Und was ist mit der Heizung?

Und dann: Ist der Verkauf eines Hauses oder einer Wohnung, vor allem, wenn es das eigene Heim ist, eine traurige Entscheidung, geschieht das mit großer Anteilnahme, voller Erinnerungen und innerer Bewegung, oder ist es ein Geschäft wie jedes andere?

Zwei Zimmer oder besser doch drei im Trump Tower auf der Fifth Avenue in Manhattan.

»Wieviel wollen Sie anlegen?«

Kann ich da antworten: »Nichts! Ich will gar nicht kaufen«? Nein. Also antworte ich ziemlich beiläufig: »Kommt drauf an...«

»Soll die Wohnung groß oder klein sein?«

»Kommt drauf an.«

Der komplexeste Augenblick ist der negative, unweigerlich negative Abschluß der Verhandlungen. Ich bin ein Experte für negative Verhandlungsabschlüsse geworden, wobei ich versuche, auf die überzeugendste Art von der Bildfläche zu verschwinden.

Nach vielem Verhandeln ist der Augenblick gekommen, den ich seit Jahren herbeigesehnt habe: die Verhandlung über den Kauf einer Wohnung am Newskja Prospektja in St. Petersburg: viertausendachthundert Meter Allee, ein Raum der Freiheit auch in den schlimmen Jahren der Repression.

Eines Tages kam ich ganz zufällig zum Newskij Prospekt, in Begleitung der Agenten der sowjetischen Polizei. Wir waren eine ansehnliche Gruppe von Menschen in Jackett und Krawatte, eine Gruppe von »Pinguinen«, und mir kam es zu, die unglaubliche Entdeckung von armenischen Madonnenschnitzern, von tschetschenischen Malern, usbekischen Tänzern und georgischen Sängern zu machen...

Es waren die Jahre unter Leonid Breschnew, und der Newskij Prospekt war wie die Rive Gauche im Paris der fünfziger und sechziger Jahre.

Ich war völlig verwundert. Und meine Verwunderung nahm noch zu, als ich in der bunten Gruppe von Künstlern und freien Denkern einen Mann auf einer Holzkiste erblickte, der redete, schrie und herumfuchtelte.

»Was sagt er?« fragte ich meine Schutzengel.

»Er hält eine politische Rede.«

»Eine politische Rede?« fragte ich und mußte mich selbst daran erinnern, daß in Breschnews Zeiten die Sowjetbürger keine politischen Reden in der Öffentlichkeit hielten.

»Und worüber redet er?« fragte ich neugierig.

»Er greift Leonid Breschnew gnadenlos an.«

Nein, das war zuviel.

»Wie ist das möglich?« fragte ich mich, doch mein Staunen war so gewaltig, daß die Frage von ganz alleine mit lauter Stimme aus meinem Mund kam.

»Hier ist alles erlaubt, hier gibt es völlige Freiheit, seine eigenen Ansichten zum Ausdruck zu bringen«, verkündete der Chef meiner Begleitergruppe erfreut. »Wenn aber einer das gleiche in der Gasse hier nebenan sagt, wird er sofort verhaftet.«

»Seid ihr hinter denen her, die hierherkommen, um ihre Ideen zu verkünden?« fragte ich neugierig.

»Sicher«, sagte der Leiter der Schutzengel mit noch größerer Freude. »Sicher sind wir hinter ihnen her ... auf diese Weise bauen wir Beziehungen und Kontakte in den verschiedenen Republiken der Sowjetunion auf.«

Wenn es an Freiheit fehlt, kann ein kleiner Freiraum genutzt werden, um den Entzug von Freiheit zu durchbrechen, zu unterdrücken oder zu verstärken.

Nachdem der Kommunismus mit Gorbatschow gefallen war und die Privatisierungen einsetzten, konnte ich endlich meinen Traum erfüllen: den Erwerb einer Wohnung in St. Petersburg, am Newskij Prospekt.

Eine Wohnung von vierhundert Quadratmetern im zweiten Stock eines Palais aus dem neunzehnten Jahrhundert, Haus Nr. 4, genau gegenüber der Newa und neben dem Palais der Zaren.

Vierhundert Quadratmeter. Fünfzehntausend Dollar, so die Preisforderung.

Was? Fünfzehntausend Dollar für vierhundert Quadratmeter im zweiten Stock eines alten Palais auf einer herrlichen Straße in St. Petersburg?

Das kam mir unmöglich vor. Aber ich zuckte mit keiner Wimper.

»Ich werde Ihnen meine Antwort morgen geben«, war mein Satz zum Abschluß des ersten Teils der Verhandlungen.

Wie üblich, informierte ich meine Frau über die Verhandlungen. Wie üblich, antwortete meine Frau verstimmt. Sie wußte, daß mein Anruf um Ratschläge nur ein Vorwand war, ein leerer Ritus.

Meine Frau wußte ganz genau, daß ich noch nie gekauft hatte und auch gar nicht kaufen wollte.

Ich wollte lediglich verhandeln, um zu verstehen, um zu erfahren.

Dieses Mal fügte meine Frau ihrer Verstimmtheit eine weitere Argumentation hinzu.

»Günstig? Ja, günstig. Aber was willst du mit einer Wohnung zu einem günstigen Preis in St. Petersburg, wenn uns dann das Geld fehlt, da hinzufliegen?«

Ein Argument war und ist für mich soviel wert wie jedes andere. Ich wußte doch, daß ich sagen werde, der Kauf würde mich nicht interessieren.

»Nein, vielen Dank, an einem Kauf bin ich nicht interessiert. Der Preis ist sehr hoch. Meine Frau ist damit nicht einverstanden. Danke!«

Ich wollte mich verabschieden und gehen, doch mein Gesprächspartner hielt mich zurück.

»Machen Sie ein Angebot!«

Die Verhandlung ging weiter.

»Zehntausend Dollar«, antwortete ich, um die Sache endgültig zu einem negativen Abschluß zu bringen.

»O. k., aber fünftausend sofort und fünftausend innerhalb eines Jahres.«

Überrumpelt durch dieses Angebot, drückte ich zur Bestätigung eines positiven Abschlusses die Hand und dachte mir: »Ich verliere zwar meine Frau, bekomme dafür aber eine Wohnung.«

Das Geschäft war getätigt. Der erste Kauf einer Wohnung im Ausland.

Ich blickte den Immobilienverkäufer an und fragte: »Und was jetzt?«

»Jetzt? Was?«

»Was passiert jetzt? Gehen wir zum Notar? Machen wir einen Vorvertrag?«

Mein Gegenüber sah mich empört an.

»Sie sind wirklich ein schwieriger Typ.«

»Ich? Schwierig? Ich will die Dinge nur so abwickeln, wie es sein muß.«

»Sie sind kompliziert! Sie sind wirklich ein komplizierter Typ! Es ist doch alles so einfach. Sie geben mir das Geld, und ich gebe Ihnen den Schlüssel.«

»Einfach so? Und das reicht?« fuhr ich fort. Ich holte tief Luft und fragte: »Nun sagen Sie mal, wem gehört die Wohnung, die Sie mir hier verkaufen?«

»Wer weiß das schon!«

Aha!

»Und wenn jemand kommt und mir die Wohnung wegnehmen will und meine Eigentümerschaft in Frage stellt?«

»Sie sind ein komplizierter Typ«, sagte mein Gegenüber. »Dann reicht es, wenn sie einen legalen Dieb rufen, so nennen wir hier die Mafiosi, und mit ein paar Dollar ist alles geregelt.«

»Nein, vielen Dank. Mir reichen schon die Mafiosi, mit denen ich jeden Tag in Sizilien zu tun habe«, lautete meine Antwort.

Mission beendet. Auch diesmal hatte ich keine Wohnung gekauft, dafür aber ein Volk genauer kennengelernt, ich hatte die Katastrophe einer Privatisierung ohne Regeln, ohne Notar, ohne Gesetz kennengelernt, einer wilden Privatisierung.

Gorbatschow, der für viele außerhalb Rußlands ein regelrechter Mythos ist, ist in Rußland eine Katastrophe – im Unterschied zu anderen hat er sich allerdings nicht persönlich bereichert. Er hat einen allzu schnellen und völlig regellosen Übergang vom Kollektiven zum Privaten in die Wege geleitet.

Muß man noch fragen, warum die russische Mafia nach dem Fall der Berliner Mauer so stark geworden ist?

Viele politische Führungskräfte sind Verkäufer unermeßlicher Reichtümer der früheren Sowjetunion geworden, Verkäufer, die keine Regeln anerkannten. Mafiosi. Was mich betrifft: keine Wohnung, auch nicht in St. Petersburg.

Ein paar Jahre vergehen seit dieser geplatzten Verhandlung. Wir sind im Jahr 2000. In St. Petersburg erhalte ich den angesehenen Puschkin-Preis. Und mit mir der Regisseur Otar Joseliani und der Direktor der Eremitage von St. Petersburg.

Beim Abendessen mit den Organisatoren und der Jury frage ich: »Wieso wird dieser angesehene Preis ausgerechnet mir zuerkannt?«

»Weil du das Theater in deiner Stadt gefördert und das Teatro Massimo zum Motor und Symbol der sogenannten Renaissance von Palermo gemacht hast. Weil du Rußland liebst und einen von seinen Eltern ausgesetzten russischen Jungen mit Namen Nikita auf den Namen Leoluca getauft hast. Weil sehr viele von uns dich schätzen…, weil…, na ja, es kommt zwar zuletzt, ist aber nicht das Unwichtigste, weil du St. Petersburg zwar liebst, aber… keine Wohnung in St. Petersburg gekauft hast. Du hast keinen Vorteil aus der Illegalität und der Mafia gezogen.«

Sie wußten alles.

Sie wußten auch, daß ein Exminister, ein inzwischen längst bekannter Politiker, mit dem ich viele Auseinandersetzungen hatte, weil seine Aktivität nicht gerade ein Beispiel für den Respekt der Legalität war – nach der Methode: Ich geb' dir ein paar Groschen, und du gibst mir die Schlüssel –, daß dieser Exminister in jenen Jahren ganze sieben Wohnungen in St. Petersburg gekauft hat!

Dieser Politiker wird niemals den Puschkin-Preis bekommen, und ich habe, dank dieses Preises, eine Wohnung an der Moika, wohin ich jedesmal gehe, wenn ich in St. Petersburg bin. Indem ich keine Wohnung gekauft habe, habe ich einen Preis und eine Wohnung in Sankt Petersburg gefunden.

Ein Haus in Corleone

Schwere Jahre, schreckliche Jahre.

Ich bin der älteste Sohn unter sieben Geschwistern, aus einer Familie mit alten, starken aristokratischen Wurzeln, sizilianischer Landadel, auch in Corleone.

Mit achtzehn treffe ich die Entscheidung, mich in keiner Weise mit Landwirtschaft zu beschäftigen und nicht mehr aufs Land zu gehen. Und meinen Brüdern, die versuchen, mir etwas über die Ländereien der Familie zu erzählen, antworte ich mit dem, was ich das Lob auf den Wohnblock nenne: »Wie wunderbar, was für eine Freiheit, in der Stadt zu leben, in einem Wohnblock, ohne die aufdringliche Aufmerksamkeit, der man auf dem Land ausgesetzt ist.«

Eleonora und Leila, unsere Töchter, wachsen heran.

Schwere Jahre, schreckliche Jahre.

Wie kann ich es verhindern, daß unsere Kinder unter der Glocke einer gewalttätigen Stadt leben, mit einem Vater, der ständig schwer bewacht ist?

Weg, ins Ausland. Ins Ausland gehen und dort die Schule beenden und studieren.

Ich versuche, die älteste der beiden Töchter, Eleonora, zu überzeugen. Mission impossible.

Jedes Mal wendet Eleonora ein, daß sie von Palermo nicht weggehen könne, weil sie ihren Freund nicht zurücklassen wolle, der in Palermo studiert.

Ich versuche es bei Leila, unserer zweiten Tochter.

Leila ist schweigsam, sie hört mich reden, ich schlage vor,

die Schule in Frankreich zu Ende zu machen, sie sagt nichts dazu. Sie schweigt.

Es ist September. Alles ist bereit, Leila wird nach Frankreich gehen und dort weiterlernen. Es fehlt lediglich noch die Absendung des Anmeldeantrags, es fehlt lediglich noch Leilas Unterschrift auf dem von mir bereits ausgefüllten Antrag.

»Du kannst hier unterschreiben. Deine Abreise nach Frankreich ist für den 29. September vorgesehen.«

Leila blickt mich aus ihren schwarzen, tiefen Augen an. Jetzt redet sie:

»Papa, statt daran zu denken, mich nach Frankreich zu schicken, um dort die Schule fortzusetzen, warum denkst du nicht daran, Großvaters Haus in Corleone zu restaurieren?«

Getroffen.

Das Haus des Großvaters in Corleone?

Ach ja, richtig, mein Großvater Leoluca, mein Taufpate, hatte ein Haus auf dem Land bei Corleone, in einem riesigen, einsamen Tal, nur wenige Kilometer von der kleinen Stadt entfernt, in der zwei Heilige und viele Mafiabosse das Licht der Welt erblickt haben.

Dieses Haus hatte der Großvater per Testament mir vermacht, einem seiner vielen Enkel, der aber den gleichen Namen trug wie er.

Getroffen.

Ich, der ich wegwollte vom Land, ich, der ich meine ländlichen Wurzeln, meine corleonesischen Wurzeln aus mir herausreißen wollte, ich, der ich meine Töchter aus Palermo wegbringen wollte...

Und jetzt ist es Leila, die mich an meine Wurzeln erinnert und mir sagt, ich solle nach Corleone zurückkehren und das Haus des Großvaters wieder instand setzen.

Leila ist nicht mehr nach Frankreich zur Fortsetzung ihrer

Schule gefahren. Sie und ich sind gemeinsam nach Corleone gefahren, um das Haus des Großvaters wiederherzurichten.

Und ich habe, dank der Restaurierungsarbeiten in diesem Haus, nach sechzehn Jahren endlich meine Tochter Leila entdeckt und erkannt und habe lange mit ihr gesprochen.

Viel Zeit haben wir mit Diskussionen über die Farben für die Wände zugebracht, über die Größe der offenen Kamine, über Autoklav und Heizung, ganz ohne Hast, fast, als wollten wir diese Beziehung mit den während vieler schwerer, schrecklicher Jahre herausgerissenen Wurzeln der Familie genießen.

»Sollen sich die Wasserhähne im Bad oben ganz normal öffnen oder besser auf ein Kommando durch kleine Lichtzellen hin?«

»Laß uns darüber noch einmal nachdenken«, sagt Leila.

»Kommen wir also in zwei Wochen wieder, dann entscheiden wir, nachdem wir Zeit hatten, uns das zu überlegen«, sage ich.

Das Haus ist heute vollkommen restauriert. Noch keiner hat es gebraucht. Früher oder später werde ich dort eine Woche verbringen, in meinem Haus, in meinem Corleone.

Und während ich auf diesen Tag warte, sage ich schon einmal: Danke dir, Leila.

Sicherheit in Bogotá

Die 77. Straße mit ihrer Ladung Toter liegt hinter uns. Geschwärzter Beton, der an die vielen Ermordeten erinnert, die zuvor noch einen vergnüglichen Abend verbracht hatten.

Dieses von Bomben entkernte Gebäude, um das herum das Leben in seiner ganz normalen Weise fließt, ist die Parabel von Bogotá 2003, das Bogotá des Alkalden Mayor Antanas Mockus: eines genialen Menschen, eines Politikers, der eine Alternative zur traditionellen kolumbianischen Nomenklatur darstellt, ein orthodoxer Umstürzler, der über kleine Kinder redet, über das Leben, über die Freude und über das Lächeln.

»La vida es sagrada«, lautet sein Imperativ, das Leben ist heilig.

Achtundzwanzig Morde im Jahr pro einhunderttausend Einwohner. Das ist ein großartiges Ergebnis.

Heute feiert Bogotá diese Durchschnittszahl an Morden als Erfolg. Diese Zahl entspricht der, die Palermo vor fünfzehn Jahren zu einer Stadt der Schande gemacht hat. Trotzdem, für Bogotá ist das ein großer Schritt nach vorne. Wenn Palermo heute einen Mord pro einhunderttausend Einwohner zu beklagen hat, ist die Stadt damit eindeutig in einer besseren Lage als der europäische Durchschnitt.

Zwei Städte, gebeugt unter der Gewalt, zwei Städte auf dem Weg. Gemeinsam.

Und Antanas Mockus und ich messen uns mit makabren Statistiken.

Ein Pendel zwischen Leben und Tod, zwischen Freude

und Schmerz, zwischen Hoffnung und Verzweiflung kommt mir wieder ganz nahe.

Und Bogotá wird für mich zu einer Stadt, die ich mit jedem Besuch immer mehr zu lieben lerne. Ich liebe das zivilisierte Verhalten, die Würde, den Wunsch nach Effizienz, die Fähigkeit zur Modernisierung, den Respekt der Bogotaner voreinander. Nicht verstehe ich (oder verstehe ich es nur zu gut?) die Hinnahme von Gewalt, von Terrorismus, von Kidnapping, so als würde es sich um Naturkatastrophen handeln.

Das Leben geht ganz normal weiter, so als wäre das Verschwinden von Hunderten kleiner Kinder einem Erdbeben vergleichbar, als wäre die nicht enden wollende Verschleppung von Menschen wie der Ausbruch eines Vulkans und die Bomben in der 77. Straße ein Regenschauer, gewaltig zwar, aber doch nur ein Regenschauer, der so schnell abzieht, wie er kommt.

Doch um eine solche Katastrophe zu verhindern, stehen überall Soldaten in Kriegsanzügen: vor den Hotels, vor den Restaurants.

Und hin und wieder ist eine Straße »cerrada«, gesperrt.

»Warum?« frage ich meinen Chauffeur.

»Sicherheit«, ist seine Antwort.

Und hin und wieder wird man angehalten, und jemand verlangt die Ausweispapiere.

»Warum?« ist meine Frage.

»Sicherheit«, ist die Antwort.

Ein Abendessen zu Ehren der zwanzig Sachverständigen für Sicherheit aus Nord-, Mittel- und Südamerika und mich aus Europa. Ein Abendessen im Amtssitz des Alkalden Mayor. Wir werden vom Stadtrat für Sicherheit begleitet, ja, dem Verantwortlichen selbst für die öffentliche Sicherheit in Bogotá.

Wir kommen mit den von der Alkaldia zur Verfügung gestellten Fahrzeugen an ein riesiges Eisentor, das mit einer sehr hohen Mauer jeden Zugang, auch jeden visuellen Zugang zum Amtssitz verhindert.

Der Chauffeur blendet ein paarmal die Scheinwerfer auf und gibt sich so den in einem Stahlbetontürmchen verschlossenen Soldaten zu erkennen, von denen man lediglich lauernde Blicke durch unglaublich dicke Eisenplatten und komplizierte Spiegelsysteme erhascht.

Das Tor geht nicht auf.

Wieder blinkt der Chauffeur.

Nichts.

Der Stadtrat für Sicherheitsfragen verliert keineswegs die Geduld, er steigt aus dem Repräsentationsauto, steckt seinen Personalausweis durch das Eisengitter.

Das Tor bleibt zu.

Der Stadtrat zeigt keines der Verhalten, das andere an seiner Stelle angesichts der Weigerung eines Untergebenen, das Tor zu öffnen, hätten, um in die Alkaldia, seinen Arbeitsplatz, zu gelangen.

Der Stadtverordnete telefoniert.

Mit dem Alkalden?

Die Sicherheit fällt in die Kompetenz des Bürgermeisters und seines Stadtrats. Wenn der Stadtrat nichts tun kann, kann sein oberster Dienstherr ja vielleicht etwas tun.

Nach ungefähr zehn Minuten des Wartens öffnet sich das Tor, und dahinter empfängt uns der Amtssitz des Alkalden, der Salon, in dem Antanas Mockus zu einem schlichten, eleganten, heiter gestimmten Abendessen einlädt. Und dennoch sind wir hinter einer Umfassungsmauer, hinter einem Eisentor, das nur sehr schwer zu öffnen ist.

»Ausweis, bitte.«

Am Haupteingang zur Universidad de los Andes, genau unterhalb des Berges, der die Madonna von Monserrat beherbergt, befindet sich eine Patrouille am Eingang zum Campus.

Ich öffne die Brieftasche.

Und ich kann der Versuchung nicht widerstehen. Ich zeige meine deutsche BahnCard First 7081-4100-9725-5424.

»Bitte, treten Sie ein«, sagt der Chef der Patrouille.

Ich streife über den Campus. Begleitet werde ich von der freundlichen Direktorin des Instituts für Wirtschaftswissenschaften. Nach mehr als einer Stunde, in der ich die Naturschönheiten des Parks und die Effizienz der Strukturen kennengelernt habe, begleitet mich die Professorin zu dem Platz vor dem Haupteingang, wo der Chauffeur auf mich wartet. Wieder gehen wir an der Patrouille vorbei.

Die Professorin ist in großer Verlegenheit: sie hat ihr Ausweisdokument in ihrem Büro liegengelassen und fürchtet, daß sie nicht mehr zurückkann, wenn sie mich hinausbegleitet bis zum Auto.

Der Chef der Patrouille, der die Professorin ständig hineingehen und herauskommen sieht, ist unerbittlich. Ohne Ausweis kann die Professorin nicht wieder hinein.

Aber ich bin auf den Geschmack gekommen.

Nach unserer Verabschiedung begleite ich sie wieder zum Eingang zurück und zeige meine BahnCard First 7081-4100-9725-5424 vor.

»Bitte, treten Sie ein«, sagt der Chef der Patrouille wieder, diesmal aber an die Professorin gerichtet.

Ist das die Macht der BahnCard, oder sind es Widersprüche im Sicherheitssystem?

Die BahnCard hat mir nicht nur geholfen, unüberwindbare Sicherheitshürden zu überwinden, sie hat mich auch Bogotá verstehen lassen, eine Stadt, bei der ich entdeckt habe, daß ich sie liebe, eben weil sie ein Pendel zwischen Leben und Tod, zwischen Freude und Schmerz, zwischen Normalität und Wahnsinn, zwischen Sicherheit und Unsicherheit ist.

Leilas Bedeutung

Die erste Leila wurde in Tripolis geboren. Während der italienischen Besatzung von Libyen stellte sich ein Offizier der Königlichen Armee Italiens aus Catania mit seiner Frau dem Problem, welchen Namen er seiner zuletzt geborenen Tochter geben sollte.

Die erstgeborene Tochter bekam den Namen der Großmutter der väterlichen Seite. Die zweitgeborene bekam den Namen der Großmutter der mütterlichen Seite. Und dies entsprach ganz den strengen Regeln der Tradition.

»Und wie soll sie nun heißen?« fragten sich die jungen Eheleute, als sie ihre dritte Tochter bekamen.

Leila. Leila und Chais ist die berühmteste Liebesgeschichte in der arabischen Welt. So wie Romeo und Julia. Und sie endet auch tragisch, genau wie Romeo und Julia.

Leila ist für die Araber die Frau der Frauen, so wie die Julia von Shakespeare, wie die Beatrice von Dante Alighieri. Jeder Araber hat seine Leila.

»Meine Leila heißt Mariam.«

»Meine Leila heißt Fatima.«

Leila ist für die Araber nicht nur der Name einer Frau, sie ist *die* Frau.

Die zweite Leila wird in Palermo geboren.

Sie ist unsere zweite Tochter. Milli und ich haben unsere erste Tochter Eleonora genannt, nach meiner Mutter, und Leila nach Millis Mutter. Und dies entspricht ganz den strengen Regeln der Tradition.

Die dritte Leila wird am 13. September 2001 geboren. Zwei Tage nach dem furchtbaren Terroranschlag des 11. Septembers. Während die gesamte Welt die Araber verflucht und sie feindselig betrachtet, kommt ein Mädchen zur Welt, die kleine Tochter von Davide und Eleonora, unserer Erstgeborenen. Das erste Kind von den beiden heißt Paolo, wie der Vater von Davide. Und dies entspricht ganz den strengen Regeln der Tradition.

Das zweite Töchterchen müßte Enrichetta oder Milli heißen, nach dem Namen der Großmutter väterlicher- oder mütterlicherseits.

Doch diesmal wird die Tradition nicht befolgt.

Davide und Eleonora beschließen, der kleinen Neugeborenen einen arabischen Namen zu geben, den Inbegriff des Namens für eine Frau.

»Nicht alle Sizilianer sind Mafiosi, nicht alle Araber sind Terroristen.«

Elementares. Oft sind es die elementaren Dinge, die das Herz der Menschen verändern. Sie verändern zwar nicht die Geschichte der Staaten, aber sie verändern das Herz der Menschen. Und das reicht zum Leben, das reicht, um sich lebendig zu fühlen.

Der Barbier von Sinagra

Haben Sie schon gehört, Professore? Der Barbier von Sinagra ist tot.«

»Ach? Der Barbier von Sinagra? Nein, das wußte ich nicht.«

Und ich frage mich: Wer nur ist der Barbier von Sinagra?

Der Barbier von Sinagra?

Ja, natürlich! Der Barbier von Sinagra!

Ich tauche aus meiner Verwirrung auf.

»Aber ja, natürlich, Herr Botschafter. Wie traurig, was für ein Schmerz!«

Ferdinando Salleo, Botschafter Italiens in Washington, atmet erleichtert auf. Er war betroffen und erstaunt, daß ich mich nicht an den Barbier von Sinagra erinnern sollte.

»Professore, ich sehe, Sie sind sehr traurig«, sagt ein anderer Herr neben mir. Auch er ist Botschafter, Botschafter Italiens in Paris.

»Ja, es ist ein großer Verlust. Ich habe einen treuen Freund verloren. Ein großer Verlust auch für Botschafter Salleo, der um einen getreuen ›Untergebenen‹ trauert.«

Dieser Art nehmen am Schmerz über das Hinscheiden des Barbiers von Sinagra noch ein paar andere Botschafter teil, aber auch die äußerst effiziente Signorina Carla, einige Polizisten des Begleitschutzes, und Francesco Rutelli, der frühere Bürgermeister von Rom.

Tausend Kilometer von Sinagra entfernt und über zwei Jahre nach dem traurigen Ereignis erhalte ich die bewegende

Anteilnahme vieler. In meinem Kopf spulen wie in einem Privatfilm des Gedächtnisses Bilder von Peppino ab, dem Barbier von Sinagra.

Sinagra: ein Weiler auf den Bergen im grünen Herzen Siziliens. In der Provinz von Messina, bekannt dafür, daß sie in einer weit zurückliegenden Vergangenheit eine Provinz war, die man »babba« nannte, das heißt dumm, verblödet, ohne Sinn oder Identität, weil... sie keine Mafia hatte.

Das einzige Gebäude, das neben dem Rathaus aus Stahlbeton diesen Namen verdient hatte, ist der Palazzo Salleo, der Palazzo des Botschafters: Aristokratie von Messina, die in aller Regel gebildet, laizistisch und freimaurerisch war.

Ich kann beschwören, daß die Familie Salleo zur Artistokratie gehört und sich mit Gestalten von großer Bildung und Kultur hervorgetan hat, so wie auch der verstorbene Vater des Botschafters ein Mann von großer Kultur und feinstem Kunstverstand war. Ebenso kann ich beschwören, daß die Familie Salleo »babba« geblieben ist, ohne jede Beziehung zur Mafia ... und das im Gegensatz zu anderen aristokratischen Familien in anderen Provinzen Siziliens, die nicht »babbe« waren, sondern im Gegenteil sogar ausgesprochen »sperte« (von »Experten«: was bedeutet, daß sie Geschäfte mit Mafiosi machten und selber Mafiosi waren).

Die Verschwiegenheit der Freimaurerei und meine allseits bekannte Nichtzugehörigkeit zu ihr versagt es mir, auf die Zugehörigkeit wie auch auf die Nichtzugehörigkeit hoher Exponenten der Familie Salleo zu Logen zu schwören. Der Herr Botschafter Salleo ist ein gebildeter Mann von großer intellektueller Tiefe und ein großer Diplomat. Sizilien und die Provinz von Messina ist ein Landstrich, aus dem viele Botschafter hervorgegangen sind. In den unteren Baulichkeiten, die einmal Ställe und Lagerräume waren, befindet sich das einzige Restaurant von Sinagra: im Palazzo Salleo in der Via Salleo. Eine Hausnummer ist nicht nötig, der Name Salleo genügt.

Man ißt dort ausgezeichnet.

Man muß dort ausgezeichnet essen, das ist obligatorisch. Das ist, was die Salleos sich dem Pächter gegenüber ausbedungen haben. Wenn auch nur ein Gast sich über die Qualität des Essens oder der Bedienung beklagen sollte, tritt augenblicklich die Mietzinsklausel in Kraft, wonach der gegenwärtige Mietwert bezahlt werden muß. Denn solange die Mauern der Salleos mit Anstand und Würde behandelt werden, gilt ausdrücklich ein symbolischer Mietzins, der zu Lasten des Besitzers geht, aber sehr günstig für den Pächter ist.

Dies und die weitverbreitete Tätigkeit des Stickens im Auftrag Dritter, das ist Sinagra.

Ein paar verstreute Häuser, ein Palazzo, viele Stickerinnen, ein hervorragendes Restaurant und das Rathaus.

Das Rathaus von Sinagra ist ein kleines eingeschossiges Gebäude, mit wenigen Räumen und wenigen Angestellten.

Alles ist anständig und würdevoll, wie man es in aller Regel in den kleinen Berggemeinden der Provinz von Messina antrifft. Würdevoll und modern, dank des Weitblicks der Bürgermeister, die aufeinander gefolgt sind.

Ich kannte Sinagra nicht.

Vierzig Jahre bin ich alt geworden, ohne etwas von Sinagra zu wissen. Ich verdanke es Peppino, dem Barbier von Sinagra, daß ich angefangen habe, das feudale Landwesen der Salleos zu besuchen.

In London habe ich vor vielen Jahren Botschafter Salleo kennengelernt.

Und in der Universitätsgasse Peppino, den Barbier.

»Botschafter Salleo?« fragte Peppino eines Tages, als ich ihm über eine Reise ins Ausland erzählte. »Sie haben den Botschafter Salleo kennengelernt, Professore? Und Sie erzählen mir von Salleo? Aber Salleo, den Botschafter, und alle Salleos kenne ich sehr gut... sie stammen aus Sinagra, wie ich.«

Gegenüber der Juristischen Fakultät gibt es seit undenklichen Zeiten, die schöne alte Empfindungen wachrufen, zu ebener Erde, unmittelbar an der Straße, ohne Bürgersteig dazwischen, einen Raum, der Sala da Barba heißt, Bartsaal. Und Peppino ist der Chef des Unternehmens.

Dieses Unternehmen hat einen Chef, Peppino, einen Mitarbeiter des Chefs, Peppino, einen Angestellten, auch der ist Peppino, und zwei Sessel, von denen einer niemals für Bart und Haare benutzt wird, denn einer ist für Bart und Haare, der andere dient als Sofa für einen wartenden Kunden. Die Kunden, die darauf warten, daß die Reihe an ihnen ist, verteilen sich: einer auf dem Sessel-Sofa, die anderen in der Gasse.

In Jahrzehnten habe ich Peppino noch nie verraten. Das erste Mal bin ich mit achtzehn zu ihm gegangen, damals war ich gerade frisch immatrikuliert. Ich habe nie einen anderen Barbier-Salon kennengelernt. Ich bin Peppino immer treu geblieben, und er mir.

Und von wegen Meinungsforschungsinstitute!

Die von Peppino in Erfahrung gebrachten und mir zwischen Kotelettenkürzung und Ausdünnen der Haare periodisch mitgeteilten Nachrichten machten Meinungsumfragen und Vorausschauen über die Stimmung im Viertel überflüssig. Das Foto, auf dem Peppino mir die Haare schneidet, ist um die Welt gegangen, in der Gesellschaft von gepanzerten Autos, Begleitschutzpolizisten, Maschinengewehren und mit den Fotos von Kindern und Frauen aus Sizilien um mich herum.

1993 saß ich im Halbdunkel des Wohnzimmers bei mir zu Hause. Peppino war mit meinen Haaren zugange. Heimservice, eine der Spezialitäten der Firma Peppino.

Da kommt die Nachricht von der Anklage des Senators Giulio Andreotti wegen Verbindungen zur und Förderung der Mafia, und mit der Nachricht kommt auch ein deutscher Journalist, der erste von zig Journalisten aus aller Welt.

Gleichzeitig mit der Begrüßung schon die Frage: »Was sagen Sie zu Senator Giulio Andreotti? Wie denken Sie über die Verbindungen zwischen Senator Andreotti und der Mafia?«

Die Antwort ist mir mit beredtem Blick von Peppino und vom Klang der Schere in meinem Haar eingeflüstert worden.

»Ich gebe zu den gerichtlichen Vorgängen keinen Kommentar ab. Mein unverändert negatives Urteil über Senator Giulio Andreotti ist hinreichend bekannt.«

»Was für ein großartiger Mann!« Der metallische Klang der Schere drückte Peppinos ganze Bewunderung aus. »Der Mutige spricht in der Stille, der Weise schweigt in den Wirren.«

Dieses Bild von Peppino, auch das Foto, wo er mir im Halbdunkel des Wohnzimmers die Haare schneidet, ist einige Male um die Welt gegangen. Meine Treue zu ihm war damit mein Dank für seine Liebe zu mir.

»Professore Orlando ist ein großer Mann, ein echter Sizilianer: Er bewahrt und respektiert Freundschaften«, sagte er wieder und wieder zu seinen Kunden.

Und die Zweifelnden erinnerte er daran: »Wenn er einige Monate lang weit weg von Palermo ist, kommt er am Vortag seiner Abreise zu mir und bittet mich, ihm die Haare ganz kurz zu schneiden. Wie oft habe ich ihn kahlgeschoren abfahren und als Langhaarigen wiederkommen gesehen.«

»Ja, Herr Botschafter, natürlich weiß ich, daß Peppino, der Barbier von Sinagra, gestorben ist«, sage ich im herrlichen Salon eines der Palazzi der römischen Macht.

Ich wollte eigentlich noch hinzufügen, daß ich gerade am Vortag meiner Abreise noch bei dem neuen Barbier war, bei Salvo, dem Nachfolger von Peppino, Sala da Barba, gleich gegenüber der Fakultät.

Peppino von Sinagra gegenüber der Universität. Mario im Viertel von Noce gleich gegenüber von meinem Haus.

Ich habe Mario nie verraten und werde es auch nie tun, solange ich lebe, solange er lebt.

Auch das ist ein Weg, Peppino weiterhin meinen Dank zu sagen. Ich bin sicher, daß Peppino von da oben seine Zustimmung geben wird.

Und den anderen Bewohnern im Paradies, Abteilung ehrliche Sizilianer, wird er – dessen bin ich sicher – voller Stolz wiederholen: »Die Salleos, eine großartige aristokratische und hochgebildete Familie. Ich kenne sie gut. Der Professore, ein echter Sizilianer. Ich kenne ihn gut…«

Danke dir, Peppino.

Ein Märchen für den Grossvater

Auch Großväter haben ein Anrecht auf Märchen und zu glauben, daß Märchen helfen können, die Wirklichkeit besser zu machen.

Durch Paolos Geburt bin ich Großvater geworden, und das war genau zu dem Zeitpunkt, als meine lange Tätigkeit als Bürgermeister sich ihrem Ende zuneigte.

Ein barmherziges Gesetz verhindert eine dritte aufeinanderfolgende Amtszeit als Bürgermeister und befreit die Mitbürger von einer ungewöhnlich langen Anwesenheit eines einzigen.

Paolo ist heute fast fünf Jahre alt, und viele kommen zu mir und bitten mich – nach dieser vom Gesetz auferlegten Pause –, doch wieder als Bürgermeister von Palermo zu kandidieren.

Was soll ich antworten?

Ich glaube nicht, daß ich jemals wieder eine so schöne und belastende, eine so qualvolle und harmonische Erfahrung machen werde wie die des Bürgermeisters.

Jedoch...

Versuchen, eine so schöne Erfahrung zu wiederholen?

Versuchen, eine Erfahrung zu wiederholen, die mit einer außerordentlichen Veränderung, einer außerordentlichen Erneuerung, mit dem, was mittlerweile alle als die Renaissance von Palermo anerkennen, zu Ende gegangen ist? Mal sehen...

Wenn ich nun die Liebe zu Palermo mit der Liebe zu Paolo verbinde, könnte das heißen: Paolo als Kandidat für das Amt des Bürgermeisters von Palermo!

Ein Blitzschlag.

In jedem Fall eine Antwort in dreißig Jahren auf die Frage von heute: eine Weise, nicht zu antworten, wie es sich für richtige Märchen gehört.

Paolo liebt Insekten. Wenn er sich vorstellt, sagt er: »Paolo Calvaruso, Experte für Insekten.« Und er hat sich noch nie vorgestellt als »Paolo Calvaruso, nächster Bürgermeister von Palermo«.

Aber Märchen sind nun einmal so.

Berlusconi – der Pate von Europa

Nürnberg. Grandhotel. Ich nehme den Schlüssel zu meiner Suite in diesem altmodischen Hotel gegenüber vom Hauptbahnhof und empfange auch gleich bereits ein Fax. Es ist die Kopie des Interviews, das ich dem *Spiegel* gegeben habe und nun auf meine Zustimmung für seine Veröffentlichung wartet.

Was für eine perfekte Organisation!

Gerade soviel Zeit, das Gepäck abzustellen, einen Espresso zu trinken. Ich sehe das Interview durch, korrigiere es und schicke es an die beiden Journalisten zurück, die mich gestern in Frankfurt interviewt haben.

Montag wird eine Bombe hochgehen, das sehe ich schon deutlich vor mir: *Berlusconi der Pate – jetzt in ganz Europa* – so wird der *Spiegel* titeln.

Sobald dieses Interview erscheint, werden meine Freunde der harten Prüfung unterzogen, ob sie noch meine Freunde sind angesichts der Aggressionen, angesichts der sich durch alle politischen Parteien ziehenden Rachegelüste meiner Gegner, die mir gegenüber noch feindseliger auftreten werden, als es jetzt schon der Fall ist, sofern das überhaupt noch zu überbieten ist.

Eine sanftmütige starke Frau, Carla, holt mich mit einem Auto voller Spielsachen für Kinder am Hotel ab, und wir fahren ins achtzig Kilometer entfernte Bayreuth. Unterwegs und schon in der Stadt viele Bemerkungen über ihren Orientierungssinn. »Kompliment«, sage ich. »Wir haben es geschafft, die richtige Straße in dieser Riesenstadt nicht zu finden!«

Die Vorstellung meines Buches ist für sieben Uhr am Abend festgesetzt. Jetzt ist es zwanzig vor sieben. Vor dem Saal befinden sich bereits an die hundert Menschen, die in dem zu kleinen Saal selbst keinen Platz mehr finden.

Wieder einmal haben die Organisatoren die Zuneigung der Deutschen für mich unterschätzt. »Nein, nein, Zuneigung und Bewunderung«, verbessert mich Ulla immer wieder, die Kostbare, die Unersetzliche, die mich durch Deutschland und durch alle Veranstaltungen lotst.

Was tun? Panik. Der Bürgermeister von Bayreuth kommt mit einem bemerkenswerten Buch über die Schönheiten Bayreuths, wir trinken einen Espresso an einem Tisch in einer Café-Bar an der mit Studenten überfüllten Straße. Und das Problem des zu kleinen Saals wird immer fühlbarer, weil immer noch mehr Menschen ankommen.

Es ist sieben Uhr. Was tun?

Ich mache mich auf den Weg zum Eingang des geschichtsträchtigen Ratssaales im alten Rathaus, Maximilianstraße 33, Eingang Brautgasse.

Ich kann gar nicht hinein. Zu viele Menschen stehen davor.

Von Bayreuth kannte und kenne ich vieles, aber hier muß ich darein fügen, daß ich, zumindest für dieses Mal, den historischen Saal nicht kennenlernen werde.

Steht eine größere Räumlichkeit zur Verfügung? So groß, daß die inzwischen auf annähernd 700 angewachsene Zahl von Menschen dort hineinkann? Davon kann gar keine Rede sein. Die Panik wächst und breitet sich aus.

Über allem thront die Stadtkirche in der Kanzleistraße.

Ein junger Mann, einer unter den Hunderten, die gekommen sind, um mich zu hören, flüstert: Und die Kirche? Gehen wir in die Kirche?

Einige Minuten vergehen. Ich, ein früherer Bürgermeister,

tröste den Bürgermeister: Es ist nicht die Schuld des Bürgermeisters von Bayreuth, daß die Sache hier nicht klappt. Ehrenwort eines Exbürgermeisters.

Zwei, drei weitere Minuten vergehen.

Der von den Organisatoren inzwischen angesprochene Dechant hat gleich »Ja!« gesagt.

Das Portal steht schon offen.

Eine Menschenschlange bewegt sich vom alten Rathaus in die alte Kirche. Fünfhundert Sitzplätze, alle ordnungsgemäß besetzt. Zweihundertfünfzig Menschen müssen aber stehen oder sitzen auf dem Boden.

Ich gehe zum Altar. Und vom Altar aus erzähle ich mein Leben und über das Buch, das mein Leben beschreibt.

Ich spreche über die Katholische Kirche und ihr schuldhaftes, ihr komplizenhaftes Schweigen gegenüber der Mafia in Sizilien.

Ich rede und rede.

Die Kirchenschiffe füllen sich wieder und wieder mit Beifall, Beifall der Zuneigung. »Beifall der Bewunderung«, sagt Ulla auch dieses Mal.

Am Ende signiere ich, schräg auf einer Bank im Seitenschiff sitzend, eine schier unglaubliche Zahl von Büchern. Die vom Buchhändler mitgebrachten Exemplare reichen bei weitem nicht aus. Auch der Buchhändler, wie die Organisatoren, hat die Zuneigung des Publikums nicht richtig eingeschätzt.

Viele, viele junge Menschen kommen mit dem Buch unter dem Arm zu mir, tief bewegte Studierende, die stolz sind, dort zu sein und einen Augenblick von Zukunft miterlebt zu haben. Einen Augenblick von Zukunft für Deutschland ... als über die Vergangenheit Siziliens geredet wurde.

Am Ausgang steht der Dechant, um mich zu verabschieden. Die Möglichkeit, daß ein Politiker in einer Kirche sprechen kann, und die freundliche Aufnahme eines Katholiken in einer evangelischen Kirche werden mir immer im Gedächtnis bleiben.

»Herr Dechant, ich danke Ihnen.« Vielleicht hätte ich ihn mit »Monsignore« anreden sollen. »Haben Sie vielen Dank.«

»Ich habe Ihr Zeugnis sehr geschätzt«, sagt der Dechant. »Und ich bin froh, daß ich dazu beitragen konnte, Sie mit so vielen jungen Menschen bekannt zu machen. Ich bedaure nur, daß ich diese Kirche noch nie so voll gesehen habe wie heute, nicht einmal zur Christmette.«

Ich bedanke mich noch einmal und füge hinzu: »Ich habe mich sehr geehrt gefühlt und ganz unbefangen, trotz des merkwürdigen Umstandes, daß ich vom Altar aus geredet habe.«

Und ich denke im stillen, daß die recht haben, die sagen, ich sei ein protestantischer Katholik. Wer weiß, vielleicht kann ich eines Tages sein, der ich zu sein glaube: ein protestantischer Katholik, ein christlicher Moslem, ein christlicher Jude.

Ich werde ein neues Buch schreiben müssen, das ich dann in einer Moschee oder in einer Synagoge vorstelle.

»Nochmals meinen Dank, Herr Dechant. Sie sind groß und barmherzig gewesen.«

Ja, genau das: groß und barmherzig. Und in den Ohren meines Verstandes schwingen die Worte des Korans mit.

Die Lesereise

Am 19. September 2002 war ich mit Otto Schily kurz vor der Bundestagswahl in München.

Am 29. Juni 2003, dem Namenstag meines Enkels Paolo, befand ich mich in Nürnberg.

Neun Monate und zehn Tage einer Lesereise, auf der ich aus meinem Leben erzählte und aus meiner Autobiographie vorlas.

Siebzig Vorstellungen: in Diskotheken und Rathäusern, in Schlössern und Kinos, in großen und kleinen Theatern, im Bundestag, im Bundesrat, in Kirchen und in alternativen Jugendorganisationen.

Die BahnCard in der Tasche, die wunderbare Ulla Steffan vor mir, die Polizei des Begleitschutzes an meiner Seite und den Herder Verlag: unicuique suum, jedem, was ihm zukommt.

Siebzig Veranstaltungen: jedesmal zwischen 200 und 1000 Menschen, Zuhörer und Leser.

Dazu Hunderte von Interviews für Zeitungen, Radio und Fernsehen, Tausende von Signaturen und viele, unendlich viele Begegnungen in Schulen.

Ich brauche nicht viel, um mich zu freuen. Doch in diesem Fall wäre selbst einer, der schlief, aufgewacht und hätte mitgejubelt, und zwar zu Recht.

Hunderte von Fragen am Ende meiner Veranstaltungen und vor dem Signieren.

Alles in Ordnung? Ja, alles in bester Ordnung.

Ich will hier nicht auf die hundertfachen Umarmungen, die hundertfachen Küsse, die hundertfachen Verflechtungen meiner Gedanken und Träume mit den Gedanken und Träumen der Zuhörer und Leser eingehen. Ich will aber auf sechs – es waren insgesamt sechs – Augenblicke von Gegensätzen, von Kritik, von Nichtzustimmung eingehen. Auf Komplimente und Umarmungen, die ich weniger bekommen habe, die den vielen anderen Komplimenten und Umarmungen aber das Salz und die Würze geben.

Stuttgart. Eine Veranstaltung des italienischen Kulturinstituts und des französischen Kulturzentrums. Viele Anwesende. Anwesend ist auch der Oberbürgermeister von Stuttgart, Wolfgang Schuster, mit seiner Gattin. Ich werde die Geste dieses Mannes nicht vergessen, der erst kurz zuvor zum Oberbürgermeister gewählt worden war und mich bat, mit ihm und seiner Gattin zu Abend zu essen.

»Bis vor zehn Tagen, Herr Professor, haben Sie Rezzo Schlauch, meinen Gegner für das Amt des Oberbürgermeisters, unterstützt. Vor zehn Tagen bin ich zum Oberbürgermeister von Stuttgart gewählt worden. Darf ich Sie zum Abendessen einladen? Können wir eine Freundschaft im Namen gemeinsamer Werte aufbauen?«

Ich war begeistert, ich sagte zu, und dieses unvergeßliche Abendessen ist der Beginn einer fest gegründeten und auf gegenseitiger Achtung beruhenden Freundschaft geworden.

»Sie sprechen von Entwicklung und Legalität. Das ist leicht gesagt. Sie sind reich. Sie wissen nicht, was es bedeutet, arm zu sein. Dann ist es sehr leicht, so zu reden«, sagte einer der Anwesenden.

Ein paar Augenblicke lang blieb ich still. Aber dann öffnete ich mich, wie es immer wieder passiert, wenn ich menschlich getroffen werde.

»Sehr leicht? Mit einem Gewissen und in Kohärenz mit seinen innersten Überzeugungen zu leben ist ganz fraglos etwas Schönes, aber leicht ist es nicht. Für niemanden. Weder für den Reichen noch für den Armen. Weder für den Kaiser noch für den Sklaven. Reich? Das bin ich nicht, auch wenn ich so aussehe. Entwicklung, Legalität, Armut. Wo ist denn der Gegensatz? Reichtum ist, wieviel man hat. Entwicklung ist, wie man das, was man hat, gebraucht. Man kann arm sein und wenig besitzen und trotzdem entwickelt sein. Ich kenne viele Arme, die zugleich entwickelt sind, weil sie das wenige, das sie besitzen, harmonisch und mit Würde gebrauchen. Ich kenne viele Reiche, sogar Steinreiche, etwa die Mafiabosse, die Drogenhändler, aber nicht nur sie, und doch sind sie unterentwickelt.«

Und ich sage schließlich: »Sprechen wir bitte nicht von Reichtum und Armut, sondern von Entwicklung und Unterentwicklung. Das Ziel, der Plan, das Recht besteht darin, sich zu entwickeln ... Wenn man dann zufällig auch noch reich wird, um so besser!«

Er schaut mich an, ich schaue ihn an.

Weiterer Worte bedarf es nicht. Er und ich wissen, daß die Reichen sich oft zu Herren aufspielen, die reichen Unterentwickelten, die die Armen negativ anstecken, die die Armen dazu drängen und zwingen, koste es, was es wolle, reich zu werden. Auf diese Weise bleiben viele Arme arm und unterentwickelt. Gelegentlich wird ein Armer zwar reich, aber in gleichem Maß unterentwickelt.

Schramberg. Uhrenstadt. Funkuhr. Meine Eintragung ins Goldene Buch der Stadt. Empfang in der Fabrik von Junghans und im Rathaus. In der Fabrik erinnern sich alle, daß ich in einem Film über die Zeit in Palermo einen Uhrmacher spielte.

Ein prall gefüllter Saal.

»Alles klar, völlig einverstanden. Aber warum wiederholt jemand, der so offen denkt wie Sie, mehrmals an diesem Abend, daß er stolz ist, Katholik zu sein?«

»Das stimmt«, antworte ich umgehend, »aber gerade im Namen dieses Stolzes habe ich katholische Laien und Kirchenmänner kritisiert und kritisiere sie weiter, die den Glauben benutzen, um die Verletzung der Menschenrechte zu rechtfertigen, um Mafiosi und Korrupte zu beschützen.«

»Schon«, erwidert der Zuhörer, ein Leser, aus dem Publikum, »einverstanden, doch Glaubensstolz erzeugt Intoleranz.«

»Nein!« rufe ich. »Der harmonische Glaube an die eigene Identität bringt einen dazu, streng mit dem umzugehen, der die gleiche Identität wie man selber hat, und als Sizilianer bin ich zuerst streng und unerbittlich mit Katholiken und Sizilianern, bevor ich es mit Juden und Rabbinern oder mit Moslems und Imamen bin. Und außerdem führt der Stolz auf die eigene Identität dazu, das Recht eines anderen zu respektieren, stolz auf seine andere Identität zu sein.«

»Sie machen akzeptabel, was nicht zu akzeptieren ist«, ist seine Antwort.

»Wir reden über Werte, die uns verbinden, und wir entdecken, daß wir beide gegen die gleichen Dinge sind, nämlich die, die Sie als nicht akzeptabel bezeichnen.«

Die Uhr, die mir versprochen worden war, wird mir übergeben: Funkuhr, Titanium, Solarzellen.

Der Abend war sehr schön, und am Ende bat mich der Mann, der seine Gegenfrage gestellt hatte, ihn über meine Initiativen auf dem laufenden zu halten, und ich habe ihn um das gleiche gebeten. Wir kooperieren, um die Kultur der

Menschenrechte zu fördern und zu verbreiten, jenseits aller Abgrenzungen, im Respekt vor gemeinsamen menschlichen Werten.

Karlsruhe. Theater und Musik. Pippo Pollina, ein außerordentlich bemerkenswerter Liedermacher des »Sizilianischen Frühlings« aus Palermo, bittet mich, mein Buch zwischen dem ersten und dem zweiten Teil des Konzerts vorzustellen.

Er fragt, ich antworte. Ich frage, er antwortet.

Ich mache aus meiner tiefen Abneigung gegen den Krieg der Amerikaner im Irak keinen Hehl.

Ein Herr steht auf und bittet mich, nicht über dieses Thema zu sprechen. Er wird von den Anwesenden zum Schweigen gebracht. Ich rege mich auf und sage, dieser Herr habe jedes Recht, seine Meinung frei zu äußern.

Der Zuhörer sagt dann: »Der Krieg ist notwendig. Und Sie sollen aufhören zu reden. Ich will das Konzert hören. Verschwinden Sie.«

Da kommt es zum Krawall.

Pippo sagt, daß sein Konzert »nicht nur aus schönen Liedern« bestehe, sondern moralisches Engagement und Zivilcourage zum Ausdruck bringen wolle.

Daraufhin beginnt das Publikum in Richtung dieses Herrn zu schreien: »Verschwinden *Sie* doch. Wir sind hier, um Orlando zu hören!« Dieser Herr wird wahrscheinlich nie ein Leser meines Buches sein.

Der Herr geht, trotz meiner wiederholten Bitte, doch zu bleiben.

Der Krieg, dieser Krieg im Irak hat inzwischen stattgefunden, und er ist ausgegangen, wie er ausgegangen ist, nämlich übel, und zwar so übel, daß er noch nicht zu Ende ist.

Aber wer weiß? Vielleicht kommt dieser Herr das nächste

Mal zu einer Buchvorstellung von mir in Karlsruhe und wird zugeben, daß der Krieg ein Fehler war. Und vielleicht wird er dann als Zuhörer und Leser anwesend sein.

»Du bist ein unverbesserlicher Optimist«, würde meine Mutter mich jetzt freundlich tadeln.

Hamburg. Italienisches Kulturinstitut. Überall Zuhörer und Leser. Auf mitgebrachten Hockern sitzend, auf Treppenstufen, auf dem Boden zwischen den Sitzreihen, um mich herum und unterhalb des Podiums.

Wie nicht anders zu erwarten, kam, nach fünfundvierzig Minuten meiner Buchvorstellung, die Frage nach der Regierung Berlusconi.

»Mein Traum ist es«, sagte ich etwas wehmütig, »in einem Land zu leben, das endlich von der Rechten regiert wird ...«

»Nein!« antwortete einer der Anwesenden laut, der sich gegen meinen Traum wehrte und unverzüglich ging.

»... und selbstverständlich Opposition betreiben«, vervollständigte ich meinen Gedanken.

Der Mann des Protestes hatte eben den Ausgang erreicht. Er hörte meine Worte, blieb stehen, sah mich an und ging beruhigt an seinen Platz zurück.

Er war der erste, der mich an diesem Abend bat, mein Buch für ihn zu signieren. Am Ende, bei einem Glas Versöhnungsbier, ließ er sich überzeugen, daß es vor aller rechten oder linken Ideologie darauf ankommt, die Gesetze zu respektieren.

Bei meinem nächsten Besuch in Hamburg wollen wir uns wiedersehen. Ich hoffe, er, ein weit links stehender Linker, wird mir dann sagen, daß auch jemand, der dem rechten Lager angehört, ein Beispiel für die Achtung des Gesetzes sein kann.

Biberach. Es regnete. Im Dunkel des Abends war der Bahnhof menschenleer. Zwar war die Polizei verständigt, aber von einem Taxi weit und breit keine Spur. Umständliche Telefongespräche von Biberach über Freiburg nach Palermo.

Ein Taxi kam an. *Das* Taxi. War es das einzige?

Ein kleines, modernes, kaltes Hotel in der Provinz. Um halb acht ging ich zu dem im Programm angegebenen Ort, um mein Buch vorzustellen. Ein Kino? Ein Kinosaal war der dafür vorgesehene Ort. Ein Saal und noch ein Saal und noch ein Saal. Vier Kinosäle! Vier Kinosäle in Biberach, einer neben dem anderen, und ringsumher lag frische grüne Weide.

So entdeckte ich das älteste, immer noch geöffnete Kino Deutschlands. Familie Kutler. So entdeckte ich ein Stück deutscher Kulturgeschichte.

Der Saal war brechend voll.

In Biberach hieß der Dissens Helmut Kohl. Obwohl ich wußte, wie unpopulär es war, etwas Gutes über Helmut Kohl zu sagen, wiederholte ich hartnäckig, daß der frühere Bundeskanzler ein Politiker mit Visionen war – von der Einheit Deutschlands, von der Einheit Europas ... ich bitte um Entschuldigung, wenn das wenig ist!

»Nein, dieser Meinung bin ich durchaus nicht.« Diesmal kam der Dissens auf italienisch, von einem Italiener.

»Mir kommt es zu, ein politisches Urteil aus internationaler Sicht zu geben. Den Deutschen kommt es zu, ihren Teil für Deutschland wahrzunehmen, um die möglichen Verantwortlichkeiten Helmut Kohls festzustellen.«

Und über diesen Punkt kommt es zur Verständigung – zwischen zwei Italienern, zum Nachteil der Deutschen.

Wir Italiener haben unsere Rolle über die Frage der Moral in Italien wahrgenommen; sollen die Deutschen das gleiche für Deutschland tun.

Hier ging die Lesereise nach Biberach zu Ende.

Doch am Sonntag vormittag gab es noch eine kleine Fortsetzung. Ich ging zur Messe, ich betrat die Kirche und entdeckte, daß es in Biberach die älteste katholisch-evangelische Gemeinschaftskirche gibt.

Ich werde nach Biberach zurückkommen, um dem ältesten deutschen Kino in Familienbesitz und der ältesten evangelisch-katholischen Simultankirche meine Aufwartung zu machen.

Ich werde nach Biberach zurückkommen, den Heimatort von Johann Heinrich Schönefeld, der mit großer Lebendigkeit Tod und Ekstase der heiligen Rosalia dargestellt hatte, ja, ganz richtig, der heiligen Rosalia, diesem jungen Mädchen aus Palermo, die zur Schutzpatronin und zum Symbol für Palermo wurde.

Kassel. Eine Lesereise in zwei Teilen: morgens im Gymnasium mit Jugendlichen, nachmittags im Gymnasium mit den Bewohnern der Stadt. Während der Pause zum Mittagessen und abends zum Abendessen und dann zu Bett im Haus eines Studienrates. Einem sehr alten Haus aus Holz und Steinen über vier Etagen.

Die Begegnung mit den Schülern ist großartig, wie die vielen Begegnungen in Schulen während meiner Lesereise, bei denen wir über die Kultur und die Ökonomie der Legalität gesprochen haben.

»Wie naiv Sie sind! Sie hätten doch reich werden können, indem Sie ein Mafioso geworden wären«, war der Kommentar eines Schülers russischer Herkunft, der gleich nach meiner Einführung das Wort ergriff.

Viele der anderen Schüler, Russen, Deutsche, Türken, Tschechen, blickten zwar ratlos, aber doch komplizenhaft.

»Ich wäre zwar reich geworden, aber unterentwickelt geblieben. Es ist doch besser, entwickelt zu sein und das, was man besitzt, harmonisch zu benutzen, statt reich zu sein und den Reichtum auf nicht korrekte Weise zu benutzen, das heißt unterentwickelt zu bleiben.«

Ich sprach nicht weiter, ich wollte die Wirkung meiner nächsten Provokation beobachten.

»Ich kenne Rußland gut, und ich kenne sehr viele steinreiche, aber unterentwickelte Männer.«

Ich nannte einen ersten, einen zweiten, einen dritten Namen äußerst mächtiger Männer, russische Politiker und Männer der Verwaltung.

Zuerst verfinsterte sich der Blick des Jugendlichen, aber dann öffnete er sich und lächelte.

»Ihnen kann man vertrauen. Weil sie diese Namen von Gaunern genannt haben, verstehe ich, daß Sie es ernst meinen. Ich werde mir von jetzt an Mühe geben, mich zu entwickeln.«

»Und wenn du als entwickelter Mann dann auch noch reich werden kannst, ist das nicht von Schaden.«

»Entwickelt und dann reich, das ist perfekt«, war sein Kommentar, der den anfänglichen Dissens aufhob und abschloß.

Nur ganze sechs Mal eine gegenteilige Ansicht – und oft mit glücklichem Ausgang. Ansonsten Beifall, große Zuneigung, große Bewunderung, der Austausch von Visitenkarten mit Menschen, denen ich nicht mehr begegnen werde…

Meinen Dank, Deutschland.

Kamerun – eine Zukunftsvision

Ein Keller, ein Stück Bürgersteig, zum Fußboden verwandelt, viel Blech, viel Wellplastik, um Wände und Dach für das Restaurant *Le Buffet* zu bauen.

Gegenüber, genau auf der anderen Straßenseite, *Boulangerie Pâtisserie La Siciliana.*

Ein Spruchband über der breiten Straße verbindet *Le Buffet* mit seinem italienischen Maggi-Aroma und La Siciliana, die Bäckerei und Konditorei. Und auf dem Spruchband steht: *Le Buffet* fast food traiteur rend hommage à Marc Vivien Foe.

Ein Gemisch aus Sprachen und Farben, ein Cocktail aus Zeichen und Gefühlen, so viele Gerüche und Geräusche, um an einen jungen Champion zu erinnern, der auf dem Fußballplatz durch einen Infarkt sein Leben verloren hat.

Heute ist der 14. Juli, der Sturm auf die Bastille 1789, die Marseillaise, die Befreiung und das Ende der Monarchie in Paris, aber auch das »Festino« zu Ehren der heiligen Rosalia, die »Triunfi« der traditionellen heiligen Gesänge, die Befreiung und das Ende der Pest ein Jahrhundert vor den Franzosen, in Palermo.

Um mich herum Frauen mit fetten Bäuchen und Schenkeln, die den Gestalten auf den Bildern von Fernando Botero Konkurrenz machen könnten, und Frauen mit wunderbar harmonischen Formen, die den Modellen von Yves Saint-Laurent Konkurrenz machen könnten.

Zwar bin ich nicht in Paris, könnte es aber sein.

Ich bin auch nicht in Palermo.

Um mich herum ein scharfer Geruch von Gewürzen und Schweiß.

Ich bin in Yaounde, der Hauptstadt Kameruns.

Man muß schon nach Zentralafrika kommen, um die Bestätigung dafür zu finden, daß die Unabhängigkeit nicht mehr der Motor der Menschheit ist; auch nicht die Unabhängigkeit von der tödlichen Pest, auch nicht die Unabhängigkeit von einer despotischen Monarchie.

Der neue Motor der Menschheit ist die Interdependenz: von Kultur, von Lebensformen, von künstlerischen Gestaltungen, von Sprachen und Sprechweisen, von Harmonie.

In Yaounde wie in Mexiko-Stadt ist die Interdependenz sichtbar, hat sie Farben und Gerüche, die in harmonischem Gegensatz stehen, sie ist nicht durch Jeans und Coca-Cola-Dosen verdunkelt, nicht durch Handys und Computer.

Doch auch da, wo sie verdunkelt ist, auch da, wo sie nicht sichtbar ist, ist sie da und wird es bleiben.

In Paris und in Palermo ist sie ein bißchen verdunkelt, aber durchaus noch sichtbar. Wir können uns keineswegs beklagen.

Auf Elefantenjagd

Nach drei Tagen, die ich in einem für acht Menschen viel zu großen Saal mit einer für die Außentemperatur von 22° viel zu starken Klimaanlage eingeschlossen war, gelingt mir endlich die Flucht. Ich ziehe Jacke und Krawatte eines UNO-Spezialisten für die Regierbarkeit von Ländern nach einem kriegerischen Konflikt aus, ziehe Sportschuhe an, schlüpfe in ein langes weites Hemd und stecke in die Taschen meiner Weste alles, was ich für die lang erwartete Expedition, die Elefantenjagd, brauche.

Ich bin in Yaounde, der Hauptstadt Kameruns, und ich kann und will mich der Versuchung nicht entziehen: Ich bin in erster Linie Sammler und dann erst UNO-Spezialist, so wie ich zuerst Sammler bin und danach erst Politiker – ich habe sogar einen symbolischen Elefanten der amerikanischen Republikaner erworben und damit den Präsidentschaftswahlkampf von George W. Bush mit einem Dollar mitfinanziert – oder zuerst Sammler und danach Großvater: Wenn mein Enkel Paolo abgelenkt ist, klaue ich ihm einen kleinen zweifarbigen Plastikelefanten auf vier Rädern, den Paolo sich systematisch anschließend zurückholt, wenn er den Diebstahl bemerkt hat.

Ein Zeichen – und ab.

Inspektor Jean Daniel B. F. von der Nationalpolizei von Kamerun, mein Schatten bei Tag – ein anderer Inspektor ist mein Schatten bei Nacht, im Hotel –, ist in seiner Dienstuniform für den Begleitschutz wie immer an meiner Seite.

Der Hauptkommissar, eine energische Frau mit intelligentem Blick, hat deutlich gesprochen: Nie, aber auch nie darf der Professore alleine gelassen werden.

B. F. kennt alle, und alle kennen ihn. Und von vielen kennt er sogar die »Wunder«. Der Hauptkommissar hat mir Polizisten zugewiesen, die in ihrem Gebiet verwurzelt und daher doppelt effizient bei der Ausführung der ihnen übertragenen Aufgabe sind.

Kaum sind wir auf der Straße, flüstere ich mit Überzeugung, aber auch mit vorgetäuschter Verlegenheit meinen Wunsch, nach Elefanten zu suchen.

Zu Fuß gehen wir durch das Stimmengewirr der schwarzhäutigen Menschenmenge, die diskret ist und mir alles bietet und noch mehr, und gelangen zu einem Bereich mit Baracken, tief gelegenen Geschossen, Straßengräben, die in Warenlager oder Buden umgestaltet wurden. Ich fühle mich gut, und als ich entdecke, daß auch Elefanten nicht fehlen, sogar behaglich und zu Hause.

Ich gehe hinein, komme heraus, gehe zurück, verhandle, kaufe aber nicht. Und so einmal, zweimal, dreimal, viele Male.

Ich werde von einer großen Begeisterung erfaßt und vergesse Malaria und Gelbfieber. Weit weg, sehr sehr weit weg sind Autan und Lariam 250 mg. Gesundheitliche Vorsorge, vor meiner Abreise verschrieben.

Ich mag das: verhandeln, feilschen, das ist mir lieber als kaufen. Ein großer Wunsch ist, über einen Mirò zu verhandeln. Nicht zu kaufen.

Über einen Mirò zu verhandeln ist ein Wunsch von mir, einen Mirò zu kaufen liegt im Interesse meiner Gläubiger und Erben.

Am Ende schließe ich das Geschäft ab. Zwar kein Mirò, sondern eine Holzdose mit sechs Elefantenköpfen, nicht eine Million Dollar, sondern zwölftausend Zentralafrikanische

Franken. Die Forderung lag bei dreißigtausend, mein Gegenangebot bei zehntausend. Da sind zwölftausend doch ein ehrenwerter Kompromiß.

Man wickelt die Holzdose in eine alte französische Zeitung ein, ein Andenken aus der Kolonialzeit, und übergibt sie mir mit dem Ritus einer wichtigen Angelegenheit.

Der Vorhang der Baracke, der während der Verhandlung geschlossen war, wird aufgerissen, und zehn Augenpaare und Gesichter von Neugierigen und draußen gebliebenen Händlern erscheinen. Sie sind da, um sich über den Abschluß des Geschäftes zu freuen und die Luft und das Licht daran zu hindern, in den Raum zu dringen, obwohl der Vorhang zurückgeschlagen ist.

Schweiß und Gerüche verbinden sich zu einem Gemisch, das mein inneres Befinden nur als berauschend oder als erstikkend definieren kann. Mir kommt das Gemisch diesmal berauschend vor.

»Die Rechnung!« flüstert Inspektor B. F. leise, aber bestimmt. »Der Herr Professor kauft nur mit Rechnung.«

Intuitiv.

Der Verkäufer begnügt sich damit zu wiederholen: »Die Rechnung. Ja, natürlich ... die Rechnung.«

Er nimmt eine vollgestaubte Holzkiste aus einem Loch in der Straße, die der Fußboden der Baracke ist, öffnet einen mit Flecken, Löchern und Knoten übersäten Plastikbeutel von einem Supermarkt, durchwühlt ihn, bis er endlich ein riesiges Heft mit Quittungen herauszieht. Von der Zeit und vom Staub vergilbte Seiten, ein nie benutztes Heft.

Und unter dem Blick von zehn Gesichtern führt er den geheimnisvollen, unbekannten Ritus durch: Er schreibt das Datum und den bezahlten Preis in Ziffern und auch in Worten, er bezeichnet den gekauften Gegenstand und – mit der Feierlichkeit der Unterzeichnung eines internationalen Abkommens – unterschreibt er dieses Papier.

Unter Staunen und Bewunderung der Kameruner gehe ich fort. Es sind nicht mehr zehn, sondern Hunderte. Ich besuche noch weitere zehn Baracken, pardon: Boutiquen. Ich kaufe nichts mehr. Unter dem Arm halte ich die Dose mit den Elefantenköpfen und der außerordentlich wertvollen Rechnung. Neben mir, stolz in seiner Uniform, Inspektor B. F.

Mission ausgeführt: Ich habe verhandelt und habe meine Identität als Sizilianer und Sammler bewahrt, der Verkäufer hat verhandelt und seine Identität als Kameruner und als Händler bewahrt.

Die Rechnung, diese kostbare Rechnung, befindet sich jetzt eingerahmt in meinem Büro als Bestätigung dafür, daß es möglich ist, trotz der sizilianischen Mafiosi und der islamischen Terroristen, Identität und Legalität miteinander zu verbinden und die perverse Verknüpfung von Identität und Illegalität herauszureißen.

Meinen Dank, Inspektor B. F. von der Polizei in Kamerun.

Ein Tag in Medellín

Gerade habe ich den Text meines Vortrags zu Ende geschrieben. Es ist Sonntagmorgen, der 17. August, in Medellín, Kolumbien. Seit Wochen erinnern Presse und Fernsehen in Kolumbien daran, daß an diesem Sonntag der Präsident des Landes, Alvaro Uribe Velez, in Granada – auf den Bergen um Medellín – ein Stück der von einer Autobombe der Guerilla im Jahr 2000 in die Luft gesprengten und jetzt wiederaufgebauten Stadt einweihen wird, deren Bautätigkeit mit öffentlichen Ausschreibungen und mit privaten Unternehmern durchgeführt wurde.

In Kolumbien gelingt es dem Staat nicht, das Recht zu garantieren. Nicht einmal die Prozesse gegen die Verantwortlichen für Tausende und Abertausende von Ermordungen beginnen. Die Guerilleros rufen die Justiz an, töten sie und machen Geschäfte mit Rauschgifthändlern. Die Paramilitärs ziehen gegen die Guerilleros, doch wie diese töten auch sie – im Namen des Gesetzes – und machen Geschäfte mit den Rauschgifthändlern. Bis schließlich ihr Boß ein Sizilianer wird, Salvatore Mancuso, Bürger von Kolumbien, dessen Auslieferung wegen Drogenhandels schon mehrfach beantragt wurde. Und am Ende töten auch die Rauschgifthändler im Verbund mit den Sizilianern.

Der rote Faden, der sich durch meinen Vortrag zieht, soll eine Antwort des Lebens auf die Logik des Todes sein, soll eine Kultur der Legalität als Antwort auf die Kultur der Illegalität aufzeigen. In Kolumbien wie auch in anderen Ländern

Lateinamerikas und in anderen Kontinenten beobachtet man den sogenannten Frühling von Palermo und der sizilianischen Erneuerung mit großer Aufmerksamkeit.

Das Zeremoniell des Staatspräsidenten rät zu einer schriftlichen Ausarbeitung meines Vortrags. Ich spreche also wieder vom zweirädrigen sizilianischen Karren und beharre darauf, daß neben dem Rad der Legalität das Rad der Kultur seine unverzichtbare Bedeutung hat.

Um acht Uhr morgens werde ich abgeholt und zum Militärflugplatz direkt im Herzen von Medellín gebracht.

Der Gouverneur von Antioquia, deren Hauptstadt Medellín ist, kommt dazu, und wir heben im Hubschrauber ab zum Rathaus von Bello. Ein Treffen mit Staatspräsident Uribe und den Ministern für Umweltschutz und für Verkehr ist festgelegt.

Zunächst findet am Stadtrand von Medellín in einer Zeremonie die Übergabe einiger Häuser an Obdachlose statt, danach ist der Flug im Hubschrauber nach Granada vorgesehen.

Die Aufmerksamkeit der Medien ist ziemlich groß. Ebensogroß ist die Anwesenheit des Heeres. Hunderte und Aberhunderte von Soldaten in Kriegsausrüstung sind zwischen Büschen, unter Bäumen, oben an den felsigen Hängen zu unserem Schutz verteilt.

Am Ende der ersten Zeremonie steigt die Hubschrauberflotte des Präsidenten auf. Sie erhebt sich von einer schrägen Ebene, die zur Hubschrauberpiste hergerichtet worden ist.

Grüne Täler, grüne Berge, die das Wasserbecken krönen, eine unendlich weite Ausdehnung von Seen, Flüssen, Bächen und tropischen Fjorden, die 35 Prozent der Stromenergie Kolumbiens produzieren. Ein Fußballplatz, umgeben von noch einmal Hunderten bewaffneter Männer, das ist der Hubschrauberlandeplatz, den Granada bietet. Der erste Hubschrauber landet. Dann landet unserer: Er trägt die Zeichen des kolumbianischen Staates. Aldo Civico von der Columbia University steigt aus. Ich steige ebenfalls aus. Ich bewege mich schnell auf den Ausgang des Platzes zu, der durch Metallzäune und durch Soldaten in Kriegsausrüstung markiert ist. Gerade bin ich aus dem Kegel des noch rotierenden Hubschrauberblattes herausgetreten, als ich ein intensives Maschinengewehrfeuer und den Ruf höre: »Guerilleros... Guerilleros! Escapa, escapa, laufen Sie, laufen Sie!«

Instinktiv drehe ich mich zum Hubschrauber und laufe dorthin, um mich hinter ihm in Schutz zu bringen. Mit dem Maschinengewehrfeuer höre ich Mörserschüsse, doch ich bin schon in den Hubschrauber gesprungen. Drinnen finde ich Aldo Civico wieder, den Generalsekretär der Regierung.

Der Hubschrauber steigt sofort auf. Ich sehe die Soldaten am Rand des Fußballplatzes, die wild auf das Feuer antworten, um unsere Flucht abzusichern. Als wir etwa zwanzig Meter hoch sind und es längst ausgeschlossen ist, daß wir hinausspringen können im Fall, daß der Hubschrauber durch eine Mörsergranate heruntergeholt wird, schließen wir die Seitentüren und legen die Sicherheitsgurte an.

Von oben aus gesehen wird die zu unserer Begrüßung herbeigekommene Menschenmenge zu einer vom Schreck gehetzten Schlange, die über Straßen und Berghänge flüchtet.

Unser Ziel ist die große Militärbasis von Rio Negro.

Nacheinander kommen die fünf Hubschrauber an. Die Presseagenturen werden nachmittags durchgeben, die bewaffnete Auseinandersetzung zwischen Guerilla und Soldaten habe über eine Stunde gedauert.

Ich werde aufgefordert, und zwar in einer Weise, die keinen Widerspruch erlaubt, in den Gebäuden des Kommandos der

Luftwaffenbasis von Rio Negro zu bleiben: ein ausgesprochenes »Kidnapping« zum Besten des Gekidnappten.

Ich beeile mich, der italienischen Presse mitzuteilen, daß es mir gutgehe. Ich will nicht, daß meine Frau und unsere Töchter sich Sorgen machen, aber erst spätabends kann ich eine Verbindung zu ihnen herstellen.

Der Tag geht zu Ende mit einer langen Begegnung mit dem kolumbianischen Staatspräsidenten Alvaro Uribe Velez: Unterbrochen von Bemerkungen über das fehlgeschlagene Attentat, tauchen der sizilianische Karren und die Brücke wieder auf.

»Leoluca, wir müssen weitermachen. Deine Vision von einer fröhlichen, von einer sich lohnenden Legalität ist sehr wichtig ...«, lautet der Abschiedsgruß des Präsidenten am Ende unserer Begegnung.

Ab morgen werde ich mit noch größerer Überzeugung als vorher in Medellín, in den Universitäten, in den Regierungsgebäuden, in den Informationszentren über das zweite Rad am Karren sprechen, über das Ungenügen des Rades, genauer gesagt über die Anwendung des Rechts.

In Kolumbien, und das heißt: nicht nur in der Hauptstadt Bogotá, sondern auch in Medellín, beginnt der Plan eines weltweiten Netzwerks der Kultur und Ökonomie der Menschenrechte Gestalt anzunehmen.

In diesem Netzwerk findet sich auch Palermo wieder, auch Sizilien. Doch als Knoten in diesem Netzwerk muß auch Kolumbien in Erscheinung treten.

Peppino, Pippo und viele Leilas

Im Geburtenregister tragen beide den Namen des berühmtesten Zimmermanns der Geschichte. Joseph, auf italienisch Giuseppe, und daraus wurden bei beiden die Verkleinerungsformen: Peppino für den einen und Pippo für den zweiten.

Peppinos Name steht seit fünfundzwanzig Jahren eingemeißelt auf dem Gemeindefriedhof von Cinisi. Pippos Name prangt auf den Plakaten in halb Europa und auf den Covers Tausender CDs.

Von ihren parallelen Lebensläufen will ich hier erzählen.

Peppino Impastato war ein junger Sizilianer, aufgewachsen in einer Familie, die mit dem obersten Boß der italo-amerikanischen Mafia, Gaetano Badalamenti, liiert war. Peppino traf die Entscheidung, mit dem zur Kultur gewordenen Schweigen und der ebenfalls zur Kultur gewordenen Angst zu brechen. Aus krächzenden Megaphonen der Studentendemonstrationen mit vielen roten Fahnen sowie aus der Bruchbude eines Lokalradios attackierte er frontal den Boß Badalamenti, dessen Haus nur »hundert Schritte« von Peppinos Haus entfernt war.

Staunen. Panik. Wut.

Auch die »Familien« in New York schalteten sich ein.

Nichts zu machen – Peppino hörte nicht auf.

Peppino mußte sterben.

Am 16. Mai 1978 explodierte eine zwischen die Eisenbahnschienen auf dem Land bei Cinisi angebrachte Ladung

Sprengstoff und vernichtete das junge Leben eines mutigen Sizilianers.

Impastato Giuseppe: ein politischer Subversiver, ein labiler Selbstmörder, ein Opfer seines eigenen Versuchs, ein ungeheuerliches Attentat auf die Eisenbahnstrecke auszuführen.

Diese Unwahrheiten, nützlich, um die Ermittlungen in eine falsche Richtung zu lenken, machten ihre Runde in den Bars des Ortes und »inspirierten« das Handeln unwürdiger Männer in den staatlichen Institutionen.

Mit diesen Unwahrheiten wurde Peppino Impastato ein zweites Mal ermordet.

Und dann starb dieser Unglücksmensch auch noch ausgerechnet am 16. Mai 1978, dem Tag, an dem in Rom die Leiche von Aldo Moro aufgefunden wurde, der von den Roten Brigaden entführt und ermordet worden war.

Wer sollte sich denn für diesen soundsovielten Mord im fernen Sizilien interessieren? Was ging denn die nicht sizilianischen Italiener diese Geschichte an? Sollen die sich doch weiterhin gegenseitig umbringen, schließlich kommt die Mafia nie über Sizilien hinaus.

So wurde Peppino Impastato nicht nur zweimal umgebracht, sondern auch ein zweites Mal begraben.

Die zweite Ermordung geschah durch Unwahrheiten.

Die zweite Beerdigung geschah durch das Schweigen.

In den Ermittlungsakten wird der Umstand mitgeteilt – und dieser von würdelosen Dienern des Staates verschwiegen –, daß in einem einsam stehenden Haus bei den Bahnschienen ein spitzer blutverschmierter Stein gefunden worden war und Haare, die Peppino gehörten.

Peppino ist in diesem Haus mit dem Stein umgebracht worden und dann, nach Einbruch der Nacht, auf die Gleise geschleppt worden, um einen Unfall dieses subversiven Elements, dieses Selbstmörders, dieses Attentäters durch eine Dynamitexplosion vorzutäuschen.

Peppino starb auf Befehl Gaetano Badalamentis.

Das alles hätte noch am selben Tag »entdeckt« werden können, an diesem 16. Mai 1978.

Dies alles war vom ersten Augenblick an die Wahrheit, und jeder in Cinisi kannte sie, aber sie wurde von der öffentlichen Meinung verborgen gehalten, weil es eine perverse Verflechtung der Mafia mit Männern in den staatlichen Institutionen gab, genau denen, die Gesetz und Recht garantieren sollten.

Alles, was am 16. Mai 1978 geschehen war, ist in einem Urteil der ersten Instanz im Jahr 2002 nachgewiesen worden.

Peppino, du armer Junge: Deine Träume, deine Werte, deine Pläne wären die normalen Träume, die normalen Werte, die normalen Pläne normaler Jugendlicher in einer anderen Realität gewesen, waren aber so zerstörerisch und unnormal in dem verfluchten Sizilien der Badalamentis und der Andreottis, diesen politischen und mafiosen Paten.

Und wieder ist die Zeit gleichzeitig Gaunerin und edle Dame gewesen.

Die Gaunerin Zeit hat dafür gesorgt, daß die Anschuldigungen gegen den siebenfachen Ministerpräsidenten von Italien, Giulio Andreotti, wegen Verbindungen zur Mafia verjährt sind.

Die edle Dame Zeit hat dafür gesorgt, daß nach 25 Jahren, nach ganzen 25 Jahren endlich das Urteil – wenn auch nur in 1. Instanz – gesprochen worden ist. Ein Urteil, das Gaetano Badalamenti als Mörder bezeichnet und Peppino Impastato als Helden einer zivilisierten Gesellschaft.

Ihre Häuser sind nur »hundert Schritte« voneinander entfernt, die sizilianische Würde (die Ehrenhaftigkeit) Peppinos unaufholbar weit von der sizilianischen Würdelosigkeit (der Unehrenhaftigkeit) von *zu Tanu,* Onkel Gaetano, entfernt, wie Peppino ihn verächtlich nannte.

Toro seduto, zu Tanu cornuto – Sitzender Stier, Gehörnter Onkel Gaetano –, so nannte er ihn in der Bruchbude seiner Radiostation AUT, um seiner Empörung, seinem Willen zur Normalität, die wie Wut, wie Wahnsinn aussah, Ausdruck zu verleihen. »I cento passi« (»Hundert Schritte«), der Film von Marco Tullio Giordana (2000), schildert die Geschichte von Peppino und zu Tanu auf eindrückliche und berührende Weise.

Peppino, du Mutiger: Viele deiner Altersgenossen erstickten ihre Empörung und ihren Willen nach Normalität in Angst und Schweigen. Manchmal wanderten sie aus, um zu kämpfen, um nicht ertragen zu müssen.

Einer von ihnen heißt wie du: Giuseppe, kurz Pippo.

Pippo Pollina ist ein Altersgenosse von Peppino, in Palermo, nur wenige Kilometer von Cinisi entfernt. Er hatte beschlossen zu fliehen, auszuwandern. Und er ging in die Schweiz, wie viele Sizilianer. Er war gezwungen zu tun, wozu viele von uns gezwungen wurden.

Cu nescì arrinescì. Wer weggeht, bringt's zu was.

Wer Sizilien verläßt, hat Erfolg.

Das ist die nicht sehr tröstliche Einsicht, und sie ist immer wieder in der Gefahr, die sizilianische Realität zu bestimmen.

Nimmt man diese Einsicht und diese Realität hin, ist man besiegt. Doch nicht, weil man weggeht, sondern weil, wenn man einmal weggeht, man nicht mehr zurückkommt, weil man nicht mehr zurückkommen kann.

Pippo Pollina ist so ein Besiegter ... Nein, er ist es nicht mehr!

Pippo ist gegangen, er hat es zu etwas gebracht und ist dann wiedergekommen. Er war mir völlig unbekannt, heute sind wir Freunde:

»Herr Abgeordneter, Signor Sindaco, ich bin Pippo Pollina«, beginnt unser Telefongespräch in meinem Abgeordnetenbüro in Brüssel. »Ich bin in Palermo geboren. Ich bin geflohen, um nicht in die Fänge der Mafia zu kommen. Ich lebe in Zürich. Ich bin ein Liedermacher. Ich mache Tourneen durch Städte im deutschen Sprachraum und singe vom ›Sizilianischen Frühling‹, von der Renaissance Palermos. Danke, Signor Sindaco, für Ihre Liebe zu unserer Stadt.« Eine Pause. Dann: »Ich habe vergessen, Ihnen zu sagen, man nennt mich den Liedermacher des Sizilianischen Frühlings.«

»Den Liedermacher des Sizilianischen Frühlings?« fragte ich überrascht.

»Ja, den Liedermacher Ihres Frühlings, Signor Sindaco. Und jetzt, wo Sie Bürgermeister sind, kann ich zurückkommen. Wären Sie vor vielen Jahren Bürgermeister gewesen, wäre ich nicht abgehauen...«

So ist unsere Solidarität und Freundschaft entstanden.

Wir treffen uns in Zürich. In einem menschenüberfüllten Theaterraum.

Josef Estermann, der Stadtpräsident von Zürich, kommt und begrüßt mich, er hört sich das Konzert an und feiert mit uns Pippos Erfolg bei sizilianischem Wein.

Ein paar Wochen später ist Pippo Pollina nach Palermo zurückgekehrt. Mit einem Konzert. 1996. Eingeladen von mir, dem Bürgermeister der wiedergeborenen Stadt.

Pippo ist zurückgekommen. Er kommt oft zurück nach Palermo, das nun auch wieder seine Stadt geworden ist.

Es ist Winter. Ein eiskalter Winter, und ich repräsentiere Frühling und Renaissance in der Casa Italiana Zerilli-Marimò in der New York University. Ich erkläre den sizilianischen Karren mit seinen zwei Rädern. Ich kommentiere auch den sehr beeindruckenden Film »Hundert Schritte«, der Peppino Impastatos Geschichte erzählt, der nur hundert Schritte von seinem Mörder entfernt lebte.

Draußen ist es dunkel. Die Kälte schneidet einem ins Gesicht und in die Hände.

Der Konferenzraum ist prallvoll. Der Direktor, Stefano Albertini, die Präsidentin Baronin Mariuccia Zerilli-Marimò, der italienische Konsul Giorgio Radicati und seine Lebensgefährtin Genny Di Bert sind angenehm überrascht über die so zahlreich erschienenen Menschen.

Stehend oder auf dem Boden sitzend, nehmen junge Leute jeden nur verfügbaren Raum ein. Eine von ihnen, Leila, meldet sich mit ihrem wunderschönen arabischen Namen, um zu sagen, daß sie Sizilianerin ist. Sie kam zum Studium nach New York, und an diesem Abend schämt sie sich nicht, Sizilianerin zu sein, sie hat als Volontärin ihren Beitrag zur Verwirklichung des Films »Hundert Schritte« geleistet, und dank des Opfers vieler Sizilianer wie Peppino, dank des »Frühlings« und der »Renaissance« hat sie nicht mit der Angst leben und fliehen müssen, nein, sie ist abgereist, sie hat die freie Wahl getroffen abzureisen, um ihre Studien in Kunstgeschichte und über Yoko Ono zu vertiefen, wie es normalerweise auch Millionen von Studenten tun, die keine Sizilianer sind.

Vier von ihnen – zwei spanischer Herkunft, eine deutscher und eine paraguayanischer Herkunft – kommen am Ende, kaum daß die letzte Note des Liedes »Hundert Schritte« von Pippo Pollina verklungen ist, zu mir. In ihren Augen liegt der Mut des großen Traums und die Schüchternheit der Jugend.

Sie werden nach Palermo kommen.

Und sie sind nach Palermo gekommen, Gäste in meinem Haus, um weiter über das Gestern und das Heute zu sprechen, über einen Film und ein Lied, über diese furchtbaren »hundert Schritte«, die Würde und Schande, Ehrenhaftigkeit und Unehrenhaftigkeit, Tod und Leben trennen, über das erste und das zweite Rad des sizilianischen Karrens, über Peppino und Pippo, aber auch über die vielen sizilianischen Leilas, die heute in New York und in vielen anderen Städten der Welt studieren. Doch wie Pippo werden sie wieder zurückkommen, dank des Opfers vieler Menschen wie Peppino.

Und noch ein sizilianischer Giuseppe

Wir schreiben den 15. September 1993. Largo Anita Garibaldi, ein asphaltgrauer, betongrauer Platz im Brancaccio-Viertel.

Der Pfarrer der Kirche von San Gaetano geht nach Hause.

Im Dunkel tritt ein Schatten auf ihn zu, und dann ist sofort eine Pistole da, bereit, den immer gleichen Totenritus in einem Viertel der Stadt zu vollziehen, das von der Familie Glaviano beherrscht wird, Verbrecher, die mit anderen Verbrechern verbunden sind, einige von ihnen sogar in höchsten politischen Ämtern.

Während der Schatten seinen Finger an den Abzug legt, flüstert der Pfarrer: »Ich hab's erwartet.«

So stirbt Don Pino Puglisi.

Und so gehen die blutigen Jahre der Corleoneser zu Ende, wie sie angefangen haben: fünfzehn Jahre Gewalt und Blutbäder.

Ihre Blutherrschaft hatte mit der Ermordung von Mario Francese begonnen, einem Chronisten, einem Sizilianer, der kein Blatt vor den Mund nahm. Sie ist zu Ende gegangen mit der Ermordung von Don Pino Puglisi, einem Priester, einem Sizilianer, der ebenfalls kein Blatt vor den Mund nahm.

Die Bosse schicken noch einmal eine furchterregende Warnung hinaus: Tod dem, der redet.

Worte sind schwer wie Steine. Und die Bosse bringen jeden um, der redet.

Don Puglisi hatte es erwartet, aber das hielt ihn nicht ab.

Pino Puglisi ebenso wie Peppino Impastato – zwei Sizilianer mit Namen Giuseppe und doch ganz unterschiedlich –, ermordet, weil sie deutlich geredet hatten, weil sie sich nicht hatten abhalten lassen, trotz aller Einschüchterungsversuche und aller Warnungen, vorsichtig zu sein.

Pino war sanftmütig, er wuchs zwischen den Kruzifixen des erzbischöflichen Seminars von Palermo heran, er war Katholik und Pfarrer.

Peppino war ruhelos, er wuchs zwischen den roten Fahnen der linken Jugendverbände heran, er war ungläubig und trat für Wahrheit und Gerechtigkeit ein.

Pino und Peppino.

Dank

Die Geschichten, die ich hier erzählt habe und an die ich gelegentlich zurückdenke, habe ich mit Menschen erlebt und durchlebt, die in meinem Leben eine entscheidende Bedeutung haben, Menschen, denen ich begegnet bin und die mir beim Schreiben über mich selbst geholfen haben, mich besser kennenzulernen. Von ihnen rede ich in diesem Buch zwar nicht, aber ihnen gehört mein ganzer Dank.

Michele Perriera, großer Theatermacher, großer Literat, feinsinniger Intellektueller, lebendiges Pendel zwischen Schwachheit und Stärke.

Antonio Roccuzzo, Journalist, der tief mit Sizilien verwurzelt ist und einer der Schüler von Giuseppe Fava, dem mutigen Journalisten aus Catania, der von der Mafia umgebracht wurde. Und *Konstanze Reuscher,* Journalistin aus Bremen, die mit ihrem Lächeln intelligente Freude verbreitet. Sie ist Antonios Frau und die Mutter wunderbarer Kinder.

Carmine Fotia, Journalist mit tiefen Wurzeln in Kalabrien, der es fertigbringt, Unerbittlichkeit und Normalität miteinander zu verbinden.

Paolo Giuntella, ein Journalist mit tiefen katholisch-demokratischen Wurzeln und gleichwohl laizistisch, der mir geholfen hat, in meinem Herzen und in meinem Verstand die Verbindungspunkte zwischen Glaubensweg und politischem Engagement zu entdecken und zu erkennen.

Umberto Agnelli, geboren 1934, seit Mai 2003 Präsident des Turiner Fiat-Konzerns in der Nachfolge seines älteren Bruders Giovanni Agnelli (1921–2003).

Giulio Andreotti, geboren 1919, siebenmaliger italienischer Ministerpräsident zwischen 1972 und 1991. Wegen Verdacht auf Mafiageschäfte und Mord mehrmals angeklagt. Im September 2002 zu 24 Jahren Gefängnis verurteilt und im Oktober 2003 endgültig freigesprochen.

Luca Barilla, geboren 1960, Vizepräsident der 1877 in Parma gegründeten Teigwarenfabrik Barilla SpA.

Gaetano Badalamenti, geboren 1923, Mafiaboss, Drahtzieher hinter den Morden an → Mino Pecorelli und → Peppino Impastato. Zu lebenslänglicher Haft verurteilt.

Silvio Berlusconi, geboren 1936, seit 2001 amtierender italienischer Ministerpräsident.

Paolo Borsellino, geboren 1940, Oberrichter, am 19. Juli 1992 von der Mafia ermordet.

Antonino Caponnetto, geboren 1920, Chef des Antimafiapools (Juristische Arbeitsgruppe im Kampf gegen die Mafia).

Ninni Cassarà, geboren 1947, Stellvertretender Polizeipräsident Palermos. Am 6. August 1985 von der Mafia ermordet.

Rocco Chinnici, geboren 1947, Staatsanwalt des Obersten Gerichts von Palermo. Am 29. Juli 1983 von der Mafia ermordet.

Aldo Civico, geboren 1969, Friedensforscher am *Center for International Conflict Resolution* der Columbia University in New York.

Gaetano Costa, geboren 1916, Staatsanwalt, am 6. August 1980 von der Mafia ermordet.

Fabrizio de André, geboren 1940 in Genua, gestorben 1999. Bekannter italienischer *cantautore,* dessen politische und sozialkritische Texte mehrmals nationales Aufsehen erregten.

Giovanni Falcone, geboren 1939, Oberrichter, am 23. Mai 1992 von der Mafia ermordet.

Mario Francese, geboren 1925, Reporter für den *Giornale di Sicilia,* am 6. Januar 1979 von der Mafia ermordet.

Peppino Impastato, geboren 1948, aktiv im politischen und kulturellen Kampf der Linken gegen die Mafia. In der Nacht vom 8. auf den 9. Mai 1978 von der Mafia ermordet.

Pio La Torre, geboren 1927, Parteisekretär der sizilianischen Kommunisten, am 30. April 1982 von der Mafia ermordet.

Claudio Martelli, geboren 1943, Sozialistischer Politiker, viermaliger Parlamentsabgeordneter, 1989 Stellvertretender Ministerpräsident unter → Giulio Andreotti. 1991 italienischer Justizminister.

Piersanti Mattarella, geboren 1935, Regierungspräsident der Region Sizilien, am 6. Januar 1980 von der Mafia ermordet.

Luigi Cirìaco de Mità, geboren 1928, von 1982 bis 1989 Vorsitzender der *Democrazia cristiana,* 1988 Ministerpräsident.

Aldo Moro, geboren 1916, Christdemokrat, am 9. Mai 1978 von den *Brigade Rosse* ermordet.

Mino Pecorelli, geboren 1928, Journalist, am 20. März 1979 ermordet.

Pippo Pollina, geboren 1963, sizilianischer *cantautore,* lebt in Zürich.

Cesare Previti, geboren 1934, Politiker der *Forza Italia,* mehrmals angeklagt wegen schwerwiegender Fälle von Korruption.

Bernardo Provenzano, geboren 1933, Boss der *Cosa Nostra.* Immer noch flüchtig.

Don Pino Puglisi, geboren 1937, Priester von Brancaccio, am 15. September 1993 von der Mafia ermordet.

Ferdinando Salleo, geboren 1936, Botschafter Italiens in Washington von 1995–2003.

Leonardo Sciascia, geboren 1921 in Racalmuto, Provinz Agrigent. Sizilianischer Schriftsteller, von 1979 bis 1986 war er Abgeordneter im römischen Parlament für den *partito radicale.* Er starb am 20. November 1989 in Palermo.

Inhalt